中华

ZHONGHUA HUN

魂

百部爱国故事丛书

新民学会的主要发起人

——中国共产党早期革命家蔡和森

李海臣 编著

吉林人民出版社

图书在版编目（CIP）数据

新民学会的主要发起人：中国共产党早期革命家蔡
和森 / 李海臣编著 . -- 长春：吉林人民出版社，2011.3（2021.8 重印）
（中华魂·百部爱国故事丛书）
ISBN 978-7-206-07503-2

Ⅰ . ①新… Ⅱ . ①李… Ⅲ . ①故事－中国－当代
Ⅳ . ① I247.8

中国版本图书馆 CIP 数据核字 (2011) 第 032563 号

新民学会的主要发起人
——中国共产党早期革命家蔡和森
XIN MINXUEHUI DE ZHUYAO FAQIREN
　　——ZHONGGUO GONGCHANDANG ZAOQI GEMINGJIA CAIHESEN

编　　著：李海臣
责任编辑：丁　昊　　　　　　封面设计：孙浩瀚
制　　作：吉林人民出版社图文设计印务中心
吉林人民出版社出版 发行（长春市人民大街7548号　邮政编码：130022）
印　　刷：北京一鑫印务有限责任公司
开　　本：787mm×1092mm　1/16
印　　张：8　　　　　　　　字　　数：64千字
标准书号：ISBN 978-7-206-07503-2
版　　次：2011年3月第1版　印　　次：2021年8月第2次印刷
定　　价：35.00 元

如发现印装质量问题，影响阅读，请与出版社联系调换。

总　序

　　《中华魂》是一套故事丛书。它汇集了我国自鸦片战争以来一百八十余年间的近百位民族英雄、仁人志士、革命领袖、先进模范人物的生动感人事迹，表现了他们作为中华儿女的伟大的爱国主义精神。

　　爱国主义是人们对于"生于斯、长于斯、衣食于斯"的祖国的一种神圣感情，是人们对于自己民族的一种强烈的责任感和使命感，是感召和激励整个中华民族的一面永不褪色的旗帜。在一百多年的中国近现代史上，爱国主义一直激励着中华儿女为祖国的独立、统一、进步和繁荣而英勇奋斗。从"苟利国家生死以，岂因祸福避趋之"的林则徐，到"我自横刀向天笑，去留肝胆两昆仑"的谭嗣同；从"铁肩担道义，妙手著文章"的李大钊，到"青春换得江山壮，碧血染将天地红"的赵一曼；从"县委书记的好榜样"的焦裕禄，到"问鼎长天，扬我国威"的邓稼先……都表现出了强烈的爱国主义精神。正是由于热爱祖国的人们前仆后继地奋斗，国家和民族才得以生存，才能够在一次次历史危急关头转危为安，走向兴盛和富强，从而屹立于世界民族之林。爱国主义是鼓舞中华儿女历经忧患、跨越沧桑、百折不挠、自强不息的伟大力量，它贯穿于中华民族的整个历史，并有力地凝聚着五洲四海的中国人。

爱国主义是一个历史的范畴，在社会发展的不同阶段、不同时期有不同的具体内容。革命时期，需要我们为祖国的独立自主出生入死；建设时期，需要我们为祖国的繁荣富强增砖添瓦。在全国各族人民团结一心，开启全面建设社会主义现代化国家新征程的今天,我们要争做一名新时期的爱国者。新时期的爱国者要有强烈的民族自尊心、自豪感。民族自尊心、自豪感是任何时期、任何爱国者都必须具备的情感。民族自尊心能增强我们自立向上的恒心,民族自豪感能树立我们建设祖国的信心。要树立"祖国高于一切"的崇高信念,为了祖国和人民的利益不惜抛却个人的利益,甚至不惜牺牲个人的生命。我们要树立终身学习的理念,拓宽自己的知识面,广泛吸收新知识、新技术,完善自身的知识结构,更新学习知识的方法与理念,从思想上、知识上充分武装自己,为祖国的繁荣昌盛贡献力量。

003

爱国主义思想的继承和发扬,是关系到民族盛衰、国家兴亡的根本问题。爱国主义思想情操的形成,需要不断地培养。培养爱国主义精神的一个重要途径是向英雄人物和典范事迹

学习和致敬。这套丛书的出版,对于青少年向
英雄和先进人物学习,特别是对于在中小学生
中进行爱国主义教育是不可多得的生动的教
材。祝愿此书出版发行成功,为培养时代新人
做出贡献。

胡维革

中华魂
百部爱国故事丛书

编 委 会

大陆龙蛇起，乾坤一少年。

乡国骚扰尽，风雨送征船。

世乱吾自治，为学志转坚。

从师万里外，访友人文渊。

匡复有吾在，与人撑巨艰。

忠诚印寸心，浩然充两间。

虽无鲁阳戈，庶几挽狂澜。

凭舟衡国变，意志鼓黎元。

潭州蔚人望，洞庭证源泉。

——《少年行》 蔡和森

目 录

同 学 少 年

蔡和森，字润寰，号泽膺，复姓蔡林，学名彬。祖籍湖南湘乡永丰镇（今属双峰县管辖）。

1895年3月30日，蔡和森诞生在上海江南机械制造总局的一个小官员家里。

1899年的春天，蔡和森跟随母亲葛健豪回到了家乡双峰永丰镇，不久父亲也从上海回故乡，并买下位于双峰县井字镇杨球的光甲堂定居下来。

江南制造总局，蔡和森诞生地。

蔡广祥辣酱店旧址

1908年，全家又迁回了永丰镇。蔡和森年幼时读过私塾。后来，因家中困难，为了谋生，年仅13岁的他到堂兄蔡广祥开的辣酱店当学徒，期间未受照顾而长期遭欺压，从而萌发了反抗意识。三年学徒期满后，他不愿经商而立志读书，进入了永丰国民小学读三年级。

这时，已经16岁的他才进入初等小学读书，所以因为年龄大被周围同学嘲笑称为"太学生"。由于他学习刻苦用功，只用了一个学期，就越级考入了双峰高等小学。

蔡和森在双峰高小求学时，正值辛亥革命爆发。南京政府发出剪辫子的号召后，蔡和森觉得应该用实际行动拥护孙中山先生领导的革命，于是就把自己头上的长辫子剪掉了，在他的带领下，学校里很多同学都剪了辫子，积极拥护孙中山先生的革命主张。

蔡和森的父亲是个不善理事的退职小吏，蔡和森从小主要受母亲影响。其母葛健豪出身名门，仰慕女革命家秋瑾，并以此为榜样教育子女。为了让蔡和森到长沙读书，母亲卖掉了珍藏几十年的一包陪嫁首饰。

1913年1月，18岁的蔡和森随表兄葛光宙等来到湖南省会长沙，入住湘乡会馆，以"优等生"的成绩考入湖南铁路专门学校。8月，铁路学校停办，蔡和森回到家乡永丰镇。同年秋天，蔡和森改名为蔡林彬，并且考入湖南省第一师范学校，编入第六班。

双峰高小旧址

新民学会的主要发起人
——中国共产党早期革命家蔡和森

蔡和森到长沙上学后，又回来鼓励年近半百的母亲去省城报考女子教员养成所。葛健豪便带着女儿、外孙女也到了长沙。学校老师见其带着孙辈前来，不肯让她报名。葛健豪便告到县衙。县官知道后批了"奇志可嘉"四字，于是让她进了教员养成所，儿女则进学校，其中，大姐蔡庆熙进自治女校学缝纫；妹妹蔡畅进周南女校，被编入体操音乐专科；外甥女刘千昂则进入了幼稚园。三代人同时进省城求学，一时传为佳话。

1913年秋天，蔡和森以优异的成绩考入了省立第一师范学校。

在这里，蔡和森更加勤奋，整天手不释卷。他当时读书的刻苦程度，简直不可想象。比如，他有两个铜板，一定只用一个买点东西充饥，另一个留下来买书，要是只有一个铜板，他宁可饿着肚子，把自己关在房间里读书，甚至一两天不吃东西也不叫苦。

蔡和森生活这样清苦，自然不会有很多钱去买书，学校图书馆就成了他常去的地方。图书馆藏书丰富，许多是古今中外有关文史、哲学、自然科学等方面的珍贵书籍。蔡和森借阅这些书籍，日复一日，废寝忘食。他在这里求学的两年，大部分时间是在图书馆里度过的，有时读书入神，连听课时间也会错过。

　　蔡和森发奋读书，并不像有些人那样把自己禁锢在尊孔读经的牢笼里死读书。他有自己的读书计划和目的，这就是，尽可能多读些有益的书，尽可能多吸收些新的知识和新的思想，早就为社会服务的本领。

　　一位老同学回忆说："和森阅读又多又精，而且过目不忘。校里按月发下的一套功课日记本，我领的积盈尺余，他却不嫌分用。有时小船发作，眠食都废，总是坚持抄看下去。不过对秦汉以下的书，似不屑看，经传子史，纵横案头。写的文章喜好援引古时通用之字，通页之韵，给阅评的老师不少苦头。然而对于一

——新民学会的主要发起人

——中国共产党早期革命家蔡和森

部中国历史以及学术流派，却又可辨判得失，了如指掌，常常使我不易插嘴。"

学校规定文科要以"六经"、"小学"（文字学）为主要课程，每月朔日要祭祀孔子等，他不满学校这些复古倒退的措施，便拒不参加。他很关心时事，尤其对于腐败政治的抨击不遗余力。他的这些不阿时尚的行为，被顽固守旧的校长视为大逆不道。年终学生甄别时，校长要把他除名，只因杨昌济等老师的极力反对，他才未被赶出学校。

在他入学的第二年春，毛泽东由第四师范并入第一师范，他们同在一个年级学习。由于共同的志向，他们俩结成了志同道合的学友，开始了"恰同学少年"的生活。

第一师范校址在长沙城南妙高峰下。这里曾是南宋理学家张南轩讲学的城南书院，与岳麓山下的岳麓书院隔江相望。站在妙高峰顶，可以俯览长沙全城。学校校舍宽敞，建筑特殊，有"洋楼"之称。

由于辛亥革命的影响，学校当局采取了一些较为开明的措施，如聘请思想进步的教书担任教学，建立学校农场和工厂等，把学校办得很出色，加以不收学膳费，尤为贫苦知识青年所向往。毛泽东、蔡和森等一般富有革命思想的青年进入学校以后，更为学校增

"恰同学少年"的由来

"恰同学少年"出自《沁园春·长沙》，是毛泽东于1925年秋离开故乡韶山，前往广州主持农民运动讲习所时，途经长沙，重游橘子洲，毛泽东感慨万千，写下了这首词。这首词最早发表在《诗刊》1957年1月1号。

沁园春·长沙

毛泽东

独立寒秋，湘江北去，橘子洲头。看万山红遍，层林尽染；漫江碧透，百舸争流。鹰击长空，鱼翔浅底，万类霜天竞自由。怅寥廓，问苍茫大地，谁主沉浮？

携来百侣曾游，忆往昔峥嵘岁月稠。恰同学少年，风华正茂；书生意气，挥斥方遒。指点江山，激扬文字，粪土当年万户侯。曾记否，到中流击水，浪遏飞舟？

——新民学会的主要发起人——中国共产党早期革命家蔡和森

色不少，使它成为后来长沙进步学生活动的中心。

蔡和森在一师虽只读了两年，但是他却沉浸在良师益友的熏陶之中，获得了丰富的知识。为他以后从事革命活动打下了良好的基础。

学识渊博，品德高尚的杨昌济、徐特立、方维夏等教员，是他由衷敬佩的良师；刻苦好学，锐意上进的毛泽东、张昆弟、罗学瓒等同学，是他切磋学业，砥砺品行的益友。至于他自己那种治学的勤奋，修身的严谨，见事的敏锐，说理的透彻，更为师友们所称赞。因此，他入校后舒畅的心情，振奋的精神，都是以前没有过的。

杨昌济是蔡和森最为崇拜的老师。他早年曾留学

永丰镇旧貌

日本和英国，历时10年，在教育学和哲学上，有较高的造诣；对于中国的旧文化，尤其是宋明理学，也有较深的研究。他把自己长期从事中外学术思想的研究、考察所得，加以抉择批判，融会贯通，独自形成一种比较有进步性的伦理思想和讲究实践的人生观。他在讲授课程中，阐述了他对于做人处事，读书治学的主张，他认为做人要有独立奋斗的精神，要有远大理想，要精通一门学问肄业，要为社会做事，不要混世；读书治学则要"贯通古今，融合中西"，在学习外国的问题上，他强调必须结合国情，具有批判精神；修身做事要注重实践，要有毅力，要深谋远虑，生活要严谨刻苦。

杨昌济躬身实践自己的主张，以身作则，对学生循循善诱，希望他们都成为公正的、有道德的、有正义感的和有益于社会的人。他把培养青年一代看成自己崇高的责任。他从欧洲回国后，拒绝谭延闿想罗致他当省政府教育司长的企图，选择了第一师范教员的职位。杨昌济认为，要挽救中国危亡的迫切任务是培养人才。他相信自己讲授的伦理学对于培养青年一代会有所贡献。他曾写过"强避桃源作太古，欲栽大木柱长天"的诗句，表达自己的志向和对学生殷切的期望。

在"弟子著录以千百计"的学生中，他反复观察，认为毛泽东和蔡和森是两个极为优秀的学生，如果好好培养，将来一定是国家栋梁之才。他在逝世前，曾特地写信给他的好友章士钊说："吾郑重语君，二子海内人才，前程远大。君不言救国则已，救国必先重二子。"杨昌济的爱国之情，对毛泽东和蔡和森的希望以及爱护之情，溢于言表。

杨昌济在湖南一师和北京大学任教时，一直注意培养二人这样的青年学生。他在长沙或北京的住处，成了蔡和森、毛泽东等同学常去请教的地方；他经常参加同学们组成的哲学研究小组，热心指导他们探讨各种学术问题，解答他们的疑难问题，并且帮助开展各项社会活动。蔡和森在杨昌济老师的身旁，获益匪浅。

在益友中，最为蔡和森所信赖的，要首推毛泽东。蔡和森与毛泽东在一师同学虽然只有一年半，但是毛泽东精湛的学识，奔放的热情，远大的理想，宏伟的气魄，深深地赢得蔡和森的敬佩。毛泽东顽强好学的精神，也给蔡和森留下了极深的印象。因此，二人很快就成为了志同道合的战友，并且在他们的周围，逐渐聚集了一批有志于社会改革的进步学生。他们互相砥砺，热烈地探求革命真理，勇敢地投身社会实践，终于成长为中国革命的重要骨干，肩负起改造社会、改造中国的重任。在妙高峰下，这样一批民族精华聚集在一起，忧乐与共，的确是难能可贵的。

蔡和森是同学中的佼佼者，在他身上，积聚着许多为进步青年所具有的品质。他对于旧学和新学有较好的基础，有不满现实和改造社会的强烈感情和远大抱负，有获取新思想、熟悉新知识的迫切要求，有艰苦朴素的生活作风，更重要的是，他敢于同一切不合理的现象作坚决的斗争。

在杨昌济老师的启示下，蔡和森对谭嗣同的《仁学》进行了认真的阅读和研究，他十分赞同谭嗣同对中国封建道德的抨击，拥护谭嗣同提出的"冲决网罗"的口号。在蔡和森看来，道德的沦丧正如谭嗣同论述的那样："二千年来之政，秦政也，皆大盗也；二千年来之学，荀学也，皆乡愿也。惟大盗利用乡愿，惟乡愿工媚大盗。二者交相资，而罔不托之于孔。"因此，他认为对现在的"大盗"和"乡愿"，也要像谭嗣同那样"辞而辟之，犹恐不及"，决不能"更张其焰"。这种只靠"辞而辟之"的批判，对"大盗"们当然不会有多大的效果，然而学生们敢于起来评论时局，纵谈国事，对于新的思想、新的事物敢于倡导，大力宣扬，对于腐朽落后的东西，敢于毫不留情地加以揭露，予以鞭笞，这不能不认为是启发民智、激励民气所最需要的那种"仗义执言"的斗争精神。蔡和森正是由于具有这种精神，而受到老师们的器重和同学们的爱戴。

蔡和森与毛泽东经常与同学们在一起开展各种问题的讨论。古今变迁，人物臧否，时局好坏，学业进退，都在他们的谈论之列。课余、假日，或外出散步，或去老师家里，都是他们探讨问题的时空。有时，他们还外出做些实地考察，回来后向老师请教，以求得对问题的深切理解。这种师生间的关系，已经不是一般的知识授受的关系，而是为改造社会而共同前进的友谊。

杨昌济

1915 年 4 月，湖南高等师范学校设立了专科文学部，杨昌济、徐特立等老师转到了文学部任教。蔡和森历来爱好文史。他在一师读了二年后，于 1915 年秋天跳级考进了湖南高等师范学校文史专科。

正在蔡和森考入高等师范这个学期，陈独秀主编的《新青年》杂志在北京出版。这是一种宣扬新思想，提倡新文化的刊物。它一开始就鲜明地指出"民主"和"科学"两个口号，大力批判封建主义的传统观念，主张实现西方资产阶级上升时代的民主、自由和个性解放。这种新思想给广大青年以极大的震动和鼓舞。杨昌济先生私人订购数份，分送毛泽东、蔡和森等同学阅读。蔡和森很快就成了这个刊物的热心读者，从而使他接受了民主革命思想。

新民学会的主要发起人

——中国共产党早期革命家蔡和森

葛 健 豪

葛健豪（1865—1943），原名兰英，湖南双峰县荷叶桂林堂人。她是中国共产党早期卓越的领导人蔡和森的母亲。她年近半百还带着儿孙三代人进省城求学，后又偕子女远涉重洋赴法国勤工俭学，是1600多名留法勤工俭学学生中年龄最大的"老同学"，被当时舆论界誉为20世纪"惊人的妇人"。她曾在湘乡和长沙两度创办女子职业学校，堪称湖南早期的女子教育家。她善于教育子女，并积极支持子女从事革命，自己亦在白色恐怖下冒着生命危险投身革命活动，人们称她为"女中豪杰"、"革命的母亲"。

葛健豪出生时，当地有三大望族：清代名臣曾国藩家族、"鉴湖女侠"秋瑾的婆家王氏家族和葛健豪娘家葛氏家族。他们彼此联姻，构成了封建统治阶级在荷叶的最上层。

葛健豪的父亲原是湘军的参将，后做过盐运使、按察使，与曾国藩有姻亲关系。葛健豪

葛健豪

自幼聪明伶俐而且极有悟性，她五六岁时随哥哥葛望钦在家馆读书习字，能背诵《四书》等经典。当时，距荷叶30多公里的永丰，有个叫蔡寿嵩的大户，他与葛健豪的父亲同在湘军任职，他们早就为儿女定下了亲事。葛健豪16岁时，奉父母之命出嫁到了永丰，与蔡寿富之子蔡蓉峰结婚。结婚后，她并不满足于做一个贤妻良母，而是十分关注社会、关注民生。她有6个子女。她对子女除了慈爱有加外，还经常教育他们要关心贫苦大众，要乐于助人。有一次，蔡和森带着妹妹下田去种豆子，这时，邻居曾老爹也在上边田里种豆，只见他弓着背，累得上气不接下气。兄妹俩便走过去帮着曾老爹种豆，并且还拿自家的豆种给曾老爹种，帮他种完了才去种自家的田。到了晚上，父亲发现豆种少了许多，就追问他们是怎么回事，他们只好如实说出了真相。蔡蓉峰气得火冒三丈，一边骂，一边就要打人。这时，葛健豪立

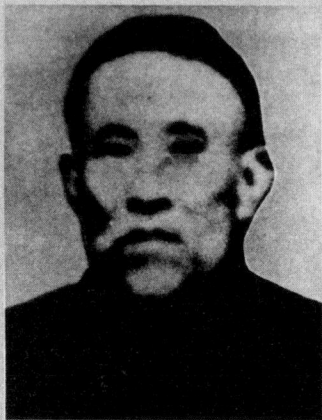

蔡蓉峰

即站出来护着孩子，说："他们兄妹做得对，帮助人家是好事，怎么能打呢?"在母亲的教育和影响下，小兄妹经常去帮助人家插田、割禾，还帮小伙伴割草、放牛。这样，小兄妹从小就和劳动人民建立了感情。

女革命家秋瑾的婆家所在地与桂林堂相隔不远。葛健豪听说秋瑾是一位能文能武的巾帼奇人，接连几次去拜望。从她那里，葛健豪接受到了一种全新的思想。从此，她经常给儿女们讲秋瑾的事情，说秋瑾是一位了不起的革命

016

党人，称赞她创办女学是为了唤醒妇女的觉悟，称她是忧国忧民的革命先驱。蔡和森从小就从母亲的嘴里听到了"革命"这个使人鼓舞激昂的新鲜词汇，他的心里不知不觉地萌生了革命的嫩芽。1907年，秋瑾被清王朝杀害的噩耗传到了荷叶乡间，葛健豪非常悲痛，她带着孩子悄悄地凭吊烈士的英灵。

1919年12月25日，葛健豪与蔡和森、向警予等30多位学生，在上海启程赴法留学。行前她对送行者说："一个人活在世界上，就要活得有意义，我们现在去留学，将来回国就可以干一番救国救民的大事。"

葛健豪在法国勤工俭学的4年，是她传奇经历中更具传奇色彩的4年。在这里，她像小学生一样，刻苦攻读法文。虽然年纪大，记忆差，又没有任何的外语基础，但她凭着顽强的毅力，从一个个单词学起，在同去的人中，每天数她起得最早，睡得最晚。经过不懈的努力，她终于能用法文对话和阅读法文报刊了。在法国留

——新民学会的主要发起人——中国共产党早期革命家蔡和森

葛健豪在法留影

学的日子里，她积极支持儿子蔡和森与向警予自由结婚，认为这是"向封建婚姻制度宣战"。那时，葛健豪与向警予一起，白天学习，回家后立即开始刺绣，直到深夜。

葛健豪的刺绣工艺精湛，深得法国妇女的喜爱，一件可卖几十法郎至上百法郎。换来的钱，她不止是供自己和儿女们的勤工俭学，她还用剩余的钱资助他人。在留学的同时，她积极参加了留法学生的革命活动，尤其是对蔡和森等人在法国的建党活动予以支持和帮助。

她曾发起组织了"开放海外大学女子请愿队"，她走在队伍的最前面，到里昂大学请愿。1921年2月28日发生的向北洋军阀政府驻法公使馆的请愿斗争，她又一次参与其中。她与向警予等人走在400多名留法学生的最前列，冲进了北洋政府驻法公使馆，迫使其作出了让步。

葛健豪归国后，先在长沙安家，大革命失败后，她先后辗转于武汉、上海，掩护儿女、儿媳和女婿的革命工作。至1928年她的二儿蔡麓仙与三儿媳向警予先后为革命牺牲后，经家人与蔡和森商定，才把老母亲安排回到了老家湖南永丰。1931年，蔡和森在广州壮烈牺牲，

——新民学会的主要发起人
——中国共产党早期革命家蔡和森

家中的人怕她伤心，一直瞒着未让她知道。葛健豪居家的生活是十分艰苦的。这时，她在永丰的老家一点财产也没有，只好与丈夫带着长女及孙辈们租居别人的房子。1932年，其丈夫蔡蓉峰去世，葛健豪便在距永丰十多华里的石板冲定居下来。

1943年3月16日，葛健豪在永丰石板冲与世长辞，享年78岁。临终前，她还一直不知道儿子已经为革命壮烈牺牲。她问长女蔡庆熙："和森有信回没有？"并要长女写信告诉他们："母亲已看不到他们的事业的成功了。但革命一定会胜利的！"她的遗言，使我们仿佛看到了那颗为革命怦怦跳动了一生的伟大母亲的心！心脏可以停止跳动，但她那博大的胸襟，坚毅的精神以及爱国的革命情怀，将永远为后人所景仰。

《新青年》

《新青年》是综合性的文化月刊。1915年9月15日在上海创刊。初名为《青年杂志》，陈独秀发表创刊词《敬告青年》，对青年提出六点要求：自由的而非奴隶的；进步的而非保守的；进取的而非退隐的；世界的而非锁国的；实利的而非虚文的；科学的而非想象的。并指出："国人而欲脱蒙昧时代，羞为浅化之民也，则急起直追，当以科学与人权并重。"也就是提出了民主与科学的思想。

1916年9月1日出版第二卷第一号改名为《新青年》。初期的《新青年》在哲学、文学、教育、法律、伦理等广阔领域向封建意识形态发起了猛烈的进攻。

《新青年》杂志创刊的时代，正值辛亥革命失败之后，中国文化正由以封建专制为主体的旧文化向以近代民主政治为主体的新文化转型。《新青年》杂志激励现代中国实现由封建文化到包含现代科技、现代教育、现代文艺、现代传媒在内的现代文化的重大转型，推进了中国文化现代化的历史进程，并为其他方面的现代化奠定了坚实的文化基础。崇尚科学，提倡创新意识是《新青年》编辑群体的重要思想观念之一。陈独秀在《新青年》发表文章认为，"文明进化之社会，其学说之兴废，恒时时视其社会之生活状态为变迁。"中国在改革进程中，既不要被古代的先贤"所拘囚"，也不要被近代的圣人"所支配"。要发扬《新青年》倡导的民族创新精神，提倡的学术开放意识，"一勿尊圣，二勿尊古，三勿尊国"。广采博纳，吸取其精华，营造现代化建设的良好时代氛围。《新青年》推进了思想解放和大批进步青年观念转型的进程。

1917年初，《新青年》编辑部迁到北京。《新青年》从1918年1月起改为白话文，使用新式标点。带动其他刊物形成了一个提倡白话文运动。

十月革命后，《新青年》成为"五四"运动的号角，成为宣传马列主义、宣传反帝反封建思想的阵地。从1919年下半年到中国共产党成立之前，《新青年》刊登的关于马克思主义、十月革命和中国工人运动的文章达130余篇。后期的《新青年》介绍了大量马列主义著作和国际无产阶级革命运动的经验。1926年7月停刊。

创 刊 辞

陈独秀

窃以少年老成，中国称人之语也；年长而勿衰（Keep young while growing old），英、美人相勖之辞也，此亦东西民族涉想不同、现象趋异之一端欤？青年如初春，如朝日，如百卉之萌动，如利刃之新发于硎，人生最可宝贵之时期也。青年之于社会，犹新鲜活泼细胞之在人身。新陈代谢，陈腐朽败者无时不在天然淘汰之途，与新鲜活泼者以空间之位置及时间之生命。人身遵新陈代谢之道则健康，陈腐朽败之细胞充塞人身则人身死；社会遵新陈代谢之道则隆盛，陈腐朽败之分子充塞社会则社会亡。

准斯以谈，吾国之社会，其隆盛耶？抑将亡耶？非予之所忍言者。彼陈腐朽败之分子，一听其天然之淘汰，雅不愿以如流之岁月，与之说短道长，希冀其脱胎换骨也。予所欲涕泣陈词者，惟属望于新鲜活泼之青年，有以自觉而奋斗耳！

自觉者何？自觉其新鲜活泼之价值与责任，而自视不可卑也。奋斗者何？奋其智能，力排陈腐朽败者以去，视之若仇敌，若洪水猛兽，而不可与为邻，而不为其菌毒所传染也。

呜呼！吾国之青年，其果能语于此乎！吾见夫青年其年龄，而老年其身体者十之五焉；青年其年龄或身体，而老年其脑神经者十之九焉。华其发，泽其容，直其腰，广其膈，非不俨然青年也；及叩其头脑中所涉想，所怀抱，无一不与彼陈腐朽败者为一丘之貉。其始也未尝不新鲜活泼，寝假而为陈腐朽败分子所同化者，有之；寝假而畏陈腐朽败分子势力之庞大，瞻顾依回，不敢明目张胆作顽狠之抗斗者，有之。充塞社会之空气，无往而非陈腐朽败焉，求些少之新鲜活泼者，以慰吾人窒息之绝望，亦杳不可得。

循斯现象，于人身则必死，于社会则必亡。欲救此病，非太息咨嗟之所能济，是在一二敏于自觉、勇于奋斗之青年，发挥人间固有之智能，决择人间种种之思想，——孰为新鲜活泼而适于今世之争存，孰为陈腐朽败而不容留置于脑里，——利刃断铁，快刀理麻，决不作牵就依违之想，自度度人，社会庶几其有清宁之日也。青年乎！其有以此自任者乎？若夫明其是非，以供决择，谨陈六义，幸平心察之。

自主的而非奴隶的

等一人也，各有自主之权，绝无奴隶他人之权利，亦绝无以奴自处之义务。奴隶云者，古之昏弱对于强暴之横夺，而失其自由权利者之称也。自人权平等之说兴，奴隶之名，非血气所忍受。世称近世欧洲历史为"解放历史"——破坏君权，求政治之解放也；否认教权，求宗教之解放也；均产说兴，求经济之解放也；女子参政运动，求男权之解放也。

解放云者，脱离夫奴隶之羁绊，以完其自主自由之人格之谓也。我有手足，自谋温饱；我有口舌，自陈好恶；我有心思，自崇所信；绝不认他人之越俎，亦不应主我而奴他人；盖自认为独立自主之人格以上，一切操行，一切权利，一切信仰，唯有听命各自固有之智能，断无盲从隶属他人之理。非然者，忠孝节义，奴隶之道德也（德国大哲尼采〔Nietzsche〕别道德为二类：有独立心而勇敢者曰贵族道德〔Morality of Noble〕，谦逊而服从者曰奴隶道德〔Morality of Slave〕）；轻刑薄赋，奴隶之幸福也；称颂功德，奴隶之文章也；拜爵赐第，奴隶之光荣也；丰碑高墓，奴隶之纪念物也；以其是非荣辱，听命他人，不以自身为本位，则个人独立平等之人格，消灭无存，其一切善恶行为，势不能诉之自身意志而课以功过；谓之奴隶，谁曰不宜？立德立功，首当辨此。

进步的而非保守的

人生如逆水行舟，不进则退，中国之恒言也。自宇宙之根本大法言之，森罗万象，无日不在演进之途，万无保守现状之理；特以俗见拘牵，谓有二境，此法兰西当代大哲柏格森（H.Bergson）之"创造进化论"（L'Evolution Creatrice）所以风靡一世也。以人事之进化言之，笃古不变之族，日就衰亡；日新求进之民，方兴未已；存亡之数，可以逆睹。矧在吾国，大梦未觉，故步自封，精之政教文章，粗之布帛水火，无一不相形丑曲拙，而可与当世争衡？

举凡残民害理之妖言，率能征之故训，而不可谓诬，谬种流传，岂自今始！固有之伦理、法律、学术、礼俗，无一非封建制度之遗，持较皙种之所为，以并世之人，而思想差迟，几及千载；尊重廿四朝之历史性，而不作改进之图，则驱吾民于二十世纪之世界以外，纳之奴隶牛马黑暗沟中而已，复何说哉！于此而言保守，诚不知为何项制度文物，可以适用生存于今世。吾宁忍过去国粹之消亡，而不忍现在及将来之民族，不适世界之生存而归削灭也。

呜呼！巴比伦人往矣，其文明尚有何等之效用耶？"皮之不存，毛将焉附？"世界进化，未有已焉。其不能善变而与之俱进者，将见其不适环境之争存，而退归天然淘汰已耳，保守云乎哉！

进取的而非退隐的

当此恶流奔进之时，得一二自好之士，洁身引退，岂非希世懿德。然欲以化民成俗，请于百尺竿头，再进一步。夫生存竞争，势所不免，一息尚存，即无守退安隐之余地。排万难而前行，乃人生之天职。以善意解之，退隐为高人出世之行；以恶意解之，退隐为弱者不适竞争之现象。欧俗以横厉无前为上德，亚洲以闲逸恬淡为美风，东西民族强弱之原因，斯其一矣。此退隐主义之根本缺点也。

若夫吾国之俗，习为委靡：苟取利禄者，不在论列之数；自好之士，希声隐沦，食粟衣帛，无益于世，世以雅人名士目之，实与游惰无择也。人心秽浊，不以此辈而有所补救，而国民抗往之风，植产之习，于焉以斩。人之生也，应战胜恶社会，而不可为恶社会所征服；应超出恶社会，进冒险苦斗之兵，而不可逃循恶社会，作退避安闲之想。呜呼！欧罗巴铁骑，入汝室矣，将高卧白云何处也？吾愿青年之为孔、墨，而不愿其为巢、由；吾愿青年之为托尔斯泰与达噶尔（R.Tagore，印度隐遁诗人），不若其为哥伦布与安重根！

世界的而非锁国的

并吾国而存立于大地者，大小凡四十余国，强半与吾有通商往来之谊。加之海陆交通，朝夕千里，古之所谓绝国，今视之若在户庭。举凡一国之经济政治状态有所变更，其影响率被于世界，不啻牵一发而动全身也。立国于今之世，其兴废存亡，视其国之内政者半，影响于国外者恒亦半焉。以吾国近事证之：日本勃兴，以促吾革命维新之局；欧洲战起，日本乃有对我之要求；此非其彰彰者耶？投一国于世界潮流之中，笃旧者固速其危亡，善变者反因以竞进。

吾国自通海以来，自悲观者言之，失地偿金，国力索矣；自乐观者言之，倘无甲午庚子两次之福音，至今犹在八股垂发时代。居今日而言锁国闭关之策，匪独力所不能，亦且势所不利。万邦并立，动辄相关，无论其国若何富强，亦不能漠视外情，自为风气。各国之制度文物，形式虽不必尽同，但不思驱其国于危亡者，其遵循共同原则之精神，渐趋一致，潮流所及，莫之能违。于此而执特别历史国情之说，以冀抗此潮流，是犹有锁国之精神，而无世界之智识。国民而无世界知识，其国将何以图存于世界之中？语云："闭户造车，出门未必合辙。"今之造车者，不但闭户，且欲以"周礼""考工"之制，行之欧美康庄，其患将不止不合辙已也！

实利的而非虚文的

自约翰弥尔（J.S.Mill）"实利主义"唱道于英，孔特（Comte）之"实验哲学"唱道于法，欧洲社会之制度，人心之思想，为之一变。最近德意志科学大兴，物质文明，造乎其极，制度人心，为之再变。举凡政治之所营，教育之所期，文学技术之所风尚，万马奔驰，无不齐集于厚生利用之一途。一切虚文空想之无裨于现实生活者，吐弃殆尽。当代大哲，若德意志之倭根（R.Eucken），若法兰西之柏格森，虽不以现时物质文明为美备，咸揭橥生活（英文曰Life，德文曰Leben，法文曰La vie）问题，为立言之的。生活神圣，正以此次战争，血染其鲜明之旗帜。欧人空想虚文之梦，势将觉悟无遗。

夫利用厚生，崇实际而薄虚玄，本吾国初

民之俗；而今日之社会制度，人心思想，悉自周、汉两代而来，——周礼崇尚虚文，汉则罢黜百家而尊儒重道。——名教之所昭垂，人心之所祈向，无一不与社会现实生活背道而驰。倘不改弦而更张之，则国力莫由昭苏，社会永无宁日。祀天神而拯水旱，诵"孝经"以退黄巾，人非童昏，知其妄也。物之不切于实用者，虽金玉圭璋，不如布粟粪土。若事之无利于个人或社会现实生活者，皆虚文也，诳人之事也。诳人之事，虽祖宗之所遗留，圣贤之所垂教，政府之所提倡，社会之所崇尚，皆一文不值也！

科学的而非想象的

科学者何？吾人对于事物之概念，综合客观之现象，诉之主观之理性，而不矛盾之谓也。想象者何？既超脱客观之现象，复抛弃主观之理性，凭空构造，有假定而无实证，不可以人间已有之智灵，明其理由，道其法则者也。在昔蒙昧之世，当今浅化之民，有想象而无科学，宗教美文，皆想象时代之产物。近代欧洲之所以优越他族者，科学之兴，其功不在人权说下，若舟车之有两轮焉。今且日新月异，举凡一事之兴，一物之细，罔不诉之科学法则，以定其得失从违；其效将使人间之思想云为，一遵理性，而迷信斩焉，而无知妄作之风息焉。

国人而欲脱蒙昧时代，羞为浅化之民也，则急起直追，当以科学与人权并重。士不知科学，故袭阴阳家符瑞五行之说，惑世诬民，地气风水之谈，乞灵枯骨。农不知科学，故无择种去虫之术。工不知科学，故货弃于地，战斗生事之所需，一一仰给于异国。商不知科学，故惟识罔取近利，未来之胜算，无容心焉。医不知科学，既不解人身之构造，复不事药性之分析，菌毒传染，更无闻焉；惟知附会五行生克寒热阴阳之说，袭古方以投药饵，其术殆与矢人同科；其想象之最神奇者，莫如"气"之一说，其说且通于力士羽流之术，试遍索宇宙间，诚不知此"气"之果为何物也！

　　凡此无常识之思惟，无理由之信仰，欲根治之，厥为科学。夫以科学说明真理，事事求诸证实，较之想象武断之所为，其步度诚缓，然其步步皆踏实地，不若幻想突飞者之终无寸进也。宇宙间之事理无穷，科学领土内之膏腴待辟者，正自广阔。青年勉乎哉！

创 办 学 会

1917年6月，蔡和森在湖南高等师范毕业。毕业后，蔡和森没有回家去，曾与毛泽东寄居在半学斋杨昌济先生寓所，继续共同探求救国的道路，准备建立革命团体。

1917年秋，蔡和森动员母亲，把全家迁到岳麓山荣湾镇刘家台子住下来。从此，这里成了蔡和森和一师的同学毛泽东、罗学瓒、张昆弟等青年畅谈理想，探讨人生观的场所。

一天，毛泽东、张昆弟还"游泳至麓山蔡和森君

蔡和森在湖南高等师范的毕业证书

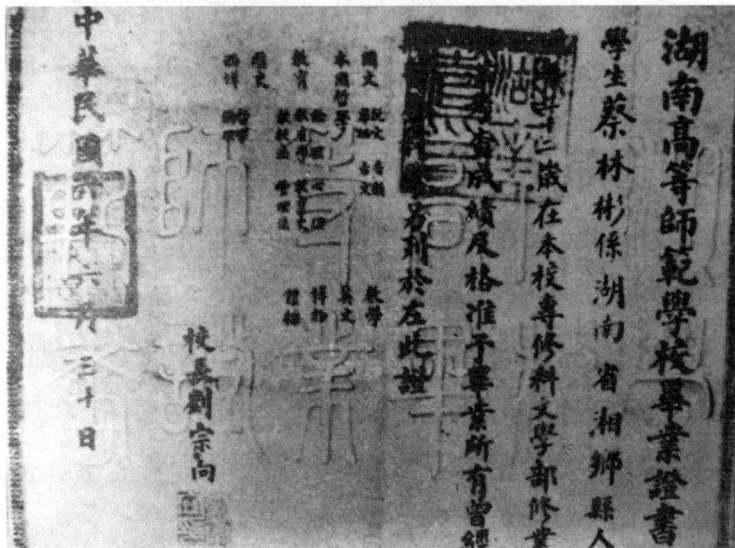

居，时近黄昏，遂宿于此，夜谈颇久"。第二天早起后，蔡和森同毛泽东，张昆弟"上岳麓，沿山脊而行，至书院后下山，谅风大发，空气谅爽；空气浴、太阳浴、胸襟洞彻，旷然有远俗之概。归时十一句钟矣。"

张昆弟曾在日记中记载："余近数年来至亲戚朋友家三宿者甚少。好在胜友处，多同居一日，即多得一日之益处故不妨久留。下学期拟多过几次河，即多受几回益处。"

在1917年的上半年，"一师"曾办了一期工人夜校，由教员上课，办得不成功，中途停下了。新学期又到了，工人夜校还办不办？由谁来办？大家莫衷一是。毛泽东认为这是学校同社会联系的重要途径，应该办下去，而且要办好。最后，学校同意了毛泽东的意见，并决定由学友会教育研究部具体负责。

10月30日，毛泽东写了一则《夜学招生广告》，用语是一般工人能懂得的大白话，倾吐出为失学工人分忧解难的拳拳之心：

列位大家来听我说句白话。列位最不便益的是什么？大家晓得吗？就是俗语说的，讲了写不得，写了认不得，有数算不得。都是个人，照这样看起来，岂不是同木石一样！所以，大家要求学知识，写得几个字，认得几个字，算得几笔数，方才是便益的。虽然如此，列位做工人的，又要劳动，又无人教授，如何能到这样，真是不易得的事。现今有个最好的法子，就是我们第一师范办了一个夜学。……教的是写信、算账，都是列位自己时刻要用的。讲义归我们发给，并不要钱。夜间上课又与列位工作并无妨碍。……快快来报名，莫再耽搁！

这则广告先托警察贴到街头后，并没有收到预期的效果，只有9个工人来报名。什么原因呢？原来，上学不要钱，工人觉得没有这样的好事；不识字的人本来不会去街上看广告；让警察贴广告，人们有惧怕心理。找到原因后，毛泽东和同学们又带着印好的广告分头到工人宿舍区和贫民区，边分发边宣传，细细解释。5天后，就有100多人报名。

工人夜校办得有声有色。在毛泽东周围，逐渐聚集起一批追求进步、志同道合的青年，其中大多数是一师的学友，也有工人夜校的。他们多来自农村，了解民间疾苦，充满着以天下为己任的强烈社会责任感。节假日，他们经常到妙高峰、岳麓山、橘子洲、平浪宫等风景名胜处聚会，纵论天下。

一师后面的妙高峰是毛泽东和一些有志青年常去的地方。晚饭后，同学们一起爬上妙高峰，在草地上坐下来，沐浴着星光月辉，一边眺望长沙城中的万家灯火，一边纵论天下大事。

蔡和森

"要改造中国，必须有崭新的理想。"一位同学慷慨激昂地说："在改造国家中，每一个有志青年也必须磨砺自己。"

"读报之外，我最喜欢读《新青年》。"毛泽东目光深邃地说。"我觉得《新青年》上面所提出的思想革命、文学革命、劳工神圣、妇女解放以及科学和民主的主张，都是好主张。中国需要从政治、经济、文化、思想、制度等各个方面进行一番根本的改造。"

"可是靠谁来完成呢？"有的同学苦恼地说。"袁世凯成了窃国大盗，那些军阀头子也都是帝国主义的走狗。"

毛泽东自信地说："靠他们是不行的，只有靠我们自己，靠我们新青年，靠我们亿万劳苦大众团结起来。"

这一批有志青年，热烈地讨论着。正如毛泽东后来追忆的那样："恰同学少年，风华正茂；书生意气，挥斥方遒。指点江山，激扬文字，粪土当年万户侯。"

他们逐渐得出这样一个结论："集合同志，创造新环境，为共同的活动"。同时，他们又受到新文化运动思潮的猛烈冲击，思想上发生剧烈的变动。

在这个思想基础上，1917年冬天，毛泽东、蔡和森、萧子升等开始商量组织一个团体，立即得到大家的响应。要成立团体，首先得有章程。1918年3月，毛泽东和邹鼎丞开始起草会章。

1918年4月14日，新民学会在岳麓山脚下的刘家台子蔡和森家里正式成立。到会的有毛泽东、蔡和森、萧子升、何叔衡、萧三、张昆弟、陈书农、邹鼎丞、罗章龙等13人，再加上没有到会的李和笙（即李维汉）、周世钊等人，这样，新民学会最初的成员就有20余人。蔡和森认为所谓"新民"二字就包含着进步与革命的意义。会上，还通过了《新民学会章程》，会后又出了《新民学会会员通信集》，这三集共收集了书信47封，其中蔡和森写给毛泽东等会友的信就有11封。

经过一番热烈的讨论，通过了新民学会的章程。

选举萧子升为总干事，毛泽东、陈书农为干事。不久，萧子升去法国，会务便由毛泽东主持。

新民学会是我国在俄国十月革命以后，"五四"运动前成立的影响最大的革命社团之一。它的会章重点强调个人修养，政治性还比较含糊，一定程度上反映了毛泽东和他的朋友们当时达到的思想水平。3个月后，毛泽东和蔡和森就突破了最初的会章宗旨。

7月26日，毛泽东就新民学会的组织活动问题，写了封长信给蔡和森，蔡和森在回信中说："杨师（杨昌济）东奔西走，走了十年，仍不过是能读其书而已，其他究何所得！"又说，"三年之内，必使我辈团体，成为中国之重心点。"看来，他们已经不满足于那种以清流自许而回避政治的道路。的确，在中国共产党成

立以前，毛泽东一直在探求着中国的出路。

　　每隔半月、一月开一次会，会员们讨论学术问题和思想问题，研究国内国际形势，报告各自学习和工作的计划和完成情况，互相督促互相鼓励。到"五四"运动前夕，新民学会已经发展到70多人，都是有志有为的青年。

　　"五四"运动爆发后，这批会员有很多都成为运动的骨干。他们领导了湖南各阶层人民的反帝反封建斗争，随后，又领导了驱"张"运动。还创办了文化书社，出版了传播革命思想的《湘江评论》等刊物。

　　在"五四"运动中，湖南学生在新民学会带领下积极响应。受学生运动的影响，各界联合会等组织也相继成立，形成声势浩大的爱国运动。

新民学会的主要发起人
——中国共产党早期革命家蔡和森

张敬尧力图严密控制局势，继而转为暴力镇压，悍然下令解散学生联合会，封闭《湘江评论》。

拓展阅读

张 敬 尧

张敬尧1881年生，北洋皖系军阀首领之一，字勋臣，安徽霍丘人。1896年投身行伍，曾入北洋新军随营学堂，1906年入保定军官学校第一期，毕业后在北洋军中任职。历任陆军第六师十一旅二十二团团长、北洋军官第三混成旅旅长、江西南昌镇守使、陆军第七师师长、护国军第二路军司令等。1917年任苏皖鲁豫四省交界剿匪督办，旋调任察哈尔都统。1918年3月至1920年6月任湖南省督军，因贪婪成性，遭到当地军阀、土豪的反对被迫辞职，其弟张敬汤被杀。他先后在吴佩孚、张宗昌、张作霖部下任司令、军长等职。1932年与板垣勾结，参加伪满州国政府，拟任伪平津第二集团军总司令，密谋在天津进行暴动，策应关东军进占平津。1933年5月7日，被刺杀。

在这种情况下，毛泽东和蔡和森领导被封闭而又重新组成的湖南学生联合会，借检查日货，以坚持反日爱国运动，与张敬尧对抗。

1919年12月2日，学生们举行5000人以上的游行示威。准备将从几家洋行里期货的日货焚烧掉，会场上的学生和围观的群众在万人以上，正当学生代表在会上讲演焚烧日货的意义时，张敬汤率领军警千余人包围会场，张敬尧骑马带领一连大刀队冲进会场内，阻挠焚烧，强行驱散与会群众，辱骂殴打学生，当场殴伤数十人，逮捕5人。

新民学会领导学生对倒行逆施，反动气焰十分嚣张的张敬尧进行了针锋相对的斗争。他们公开打出"驱张"的旗帜，联络社会各阶层，发动全省学生罢课、教师罢教、工人罢工、商人罢市，并决定代表分

新民学会部分成员在上海合影

——新民学会的主要发起人——中国共产党早期革命家蔡和森

赴北京、衡阳、常德、郴州。广州、上海等地，公开揭露张敬尧祸湘虐民的罪行，争取全国舆论对"驱张"的支持和同情，造成举国一致的浩大声势。毛泽东赴京代表团一行40人于12月18日到达北京。

在京期间，毛泽东和代表们冒着北方的严寒，不顾满街冰雪，每天各处奔走联络，向湖南在京学生、议员、名流、绅士宣传"驱张"意义，发动他们参加"驱张"的斗争。毛泽东主持"平民通讯社"专门报道"驱张"活动，每天把150余份揭露张敬尧罪行和"驱张"运动的消息，送登京、津、沪、汉各地的报纸。

在发动"驱张"运动中，毛泽东和"辅社"建立了密切的联系。"辅社"的全称为"辅仁学社"，取"以文会友，以友辅仁"之意。它是湖南学生的社团之一，成员有30人。当时有部分"辅社"社员在京读书，因受新思潮的影响，常在北京大学活动，毛泽东主动与他们联系，发动他们参加"驱张"运动，北京大学邓中夏等，也积极在他们中间进行工作。"辅社"在京成员参加了"驱张"斗争，并成为这一斗争的重要力量。1920年1月18日，毛泽东、罗章龙、和"辅社"在京成员，在陶然亭集会，商讨"驱张"斗争，探求救国道路。会后，在慈悲庵山门外古槐前摄影留念。

经过赴京"驱张"代表团广泛活动，成立了湖南各界委员会，发起了千余人请愿示威，对北洋政府施加压力，迫使其答应"驱张"的要求。北洋政府总理靳云鹏，在请愿示威的强大压力之下，不得不出来接见请愿代表，并表面应允研究代表们的要求。分赴各地的"驱张"代表团的活动，也取得了强烈的反应。京、津、沪、汉等地的舆论界，一致支持湖南人民反对张敬尧的斗争。全国各界联合会、全国学生总会、许多省市的学生联合会纷纷发出电函，声讨张敬尧，使"驱张运动"扩大为普遍的反对封建军阀的宣传。

在"驱张运动"强大压力之下，各派军阀与张敬尧的矛盾更加剧烈。为了利用军阀内部的矛盾，毛泽东分派代表到衡阳、郴州催促吴佩孚、谭延闿"驱张"。曾经为打湘桂联军出过力的吴佩孚和冯玉祥，趁此时机，与湘军谭延闿取得了默契：吴佩孚撤出衡阳，敞开了张敬尧的南大门，冯玉祥也撤出了部分守军，敞开张敬尧的西大门，放湘军长驱直入。在这样的情况下，张敬尧不得不仓皇出逃，他的军队也全部撤出湖南。张敬尧本人因"守土不力""实属无罪可逭"，受到了"迅即来京查办"的处理，他的弟弟张敬汤则在"鄂州执行死刑"。"驱张"斗争终于取得了胜利。

新民学会的发起、成立和成长，渗透了毛泽东和

新民学会的主要发起人

——中国共产党早期革命家蔡和森

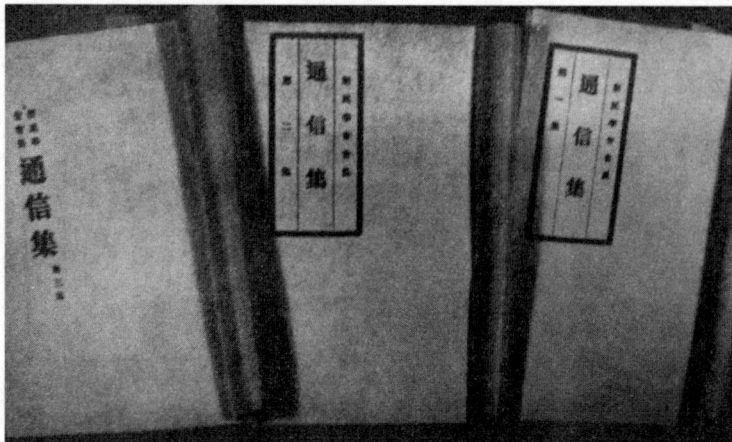

蔡和森的心血。它从一个追求向上的青年进步团体，逐步发展为革命团体，在湖南、乃至中国近代史上留下了不可磨灭的功绩。

为求得学会的向外发展，1918年6月23日，蔡和森受学会的委托，赴北京组织赴法勤工俭学事宜。这时杨怀中先生已应聘到了北京大学当教授，经杨老师介绍，蔡和森来到留法俭学会，与李石曾等人取得了联系。

他会见了北京大学校长蔡元培和著名新文化运动的领袖李大钊，特别是受到十月革命的影响，思想矍然猛觉。他写给毛泽东的信中说："只计大体之功利，不计小已之利害，墨翟倡之，近来俄之列宁颇能行之，弟愿则而效之。"在新民学会会友中第一个吹响了欢迎十月革命的号角。

蔡和森于1918年写给毛泽东的一封信

润之兄：

前复一片，未尽所怀，今补呈之。兄若以此为暂时的手段，则何如借路过身，一入地狱（若弟自观之实不是地狱）。弟尝慨世之君子，为种种的舆论律道德律所束缚，只能为伪善，不能为伪恶，是以使小人得积极横行。枉尺直枉，弟实主张。窃以为人不能有善而无恶，正人之恶，即是善之变相，求全则难免不为乡愿。弟内有恢恢之志，外殊不尚之行；自信其心既正，将来有恶当前，必不少避而勇为之；恶经正人君子为了一回，则其阶级，就要演进一层。尝耻吾国之思想圈及善恶圈，只有一个铜钱大，窃欲扯直而延长之，善恶俱进，无甚轩轾。现为一恶，而将来能得十善之结果，何所顾恤而不为之！吾人若从一身之利害及名誉计算，诚有不宜屈节者，若从全体之利害计算，可以杀身成仁，况不可行伪恶以得权乎？（兄以时未至

——新民学会的主要发起人
——中国共产党早期革命家蔡和森

为言，我以为此正其时，此时稍微一枉，其所直不知几万万也。）君子无弹性，此乱之所以不止也。弟意现在当得一班正人立恶志（杀坏人），说恶话，行恶事，打恶战，争恶权，夺恶位，加入恶界，时时以恶为缘，时时与恶战，时时与恶和，操而纵之，使自我出，支而配之，使自我生，演而进之，使自我发，然后将万恶纳入袖中，玩之掌上。我果小人乎？则将此万恶顶于头上，以为护符，散之天下，以为走狗，无不可也。我果君子乎？即将此万恶捣之碎之，烧之熔之，锻之炼之，淬之磨之，神而化之，使成美质之原子，新而明之，使成优秀之国民，尤无不可也。若天下治乱，其转移在于一心，入之贡献于人道，其功过不在形迹之上。果为君子，无善不可为，即无恶不可为，只计大体之功利，不计小己之利害。墨翟倡之，近来俄之列宁颇能行之，弟愿则而效之，难于兄意未有当，亦聊以通其狂惑耳。至于蔡松坡，松坡少时不屈节为满清官僚，安得致后此之地位，而成一战之功哉？凡此梦呓，兄可驳骂而痛斥之，匪以言事，以当论学可耳。至兄之行止，尚待自为斟酌，私心以为兄有来此之必要者数端：

（一）既不往东，又不往南，自以来京为最宜。

（二）吾辈须有一二人驻此，自以兄在此间为最好。

（三）自由研究以兄为之，必有多少成处，万不至无结果。

至现在情形，杨师自是喜兄来寓，每日可以学习英日文。弟事殊不好为计，故亦望兄来指教。至佃屋请工二事，亦祈兄斟酌弟之家情，为我主张，实不胜感激盼祷也！顺叩暑安不具。

弟　彬白　七年八月二十一日在北京

留学法国

1919年12月25日，蔡和森与母亲葛健豪、妹妹蔡畅以及向警予一起在上海乘坐"央脱莱蓬"号法国邮船赴法勤工俭学。

经过35天的海上航行。蔡和森一家等30多人于1920年1月30日抵达法国马赛。

在这其中，母亲葛健豪通过姻亲关系，向曾国藩的女婿家借到600块银元，全家才一同漂洋过海。蔡和森、向警予和妹妹到法国后，边做工边上学。母亲做刺绣，以其收入贴补家用并从头学习法文，最后也能读法文报纸。

2月2日到达巴黎，蔡和森进入了蒙达尼男子中学学习。

在他初到法国的一天，蔡和森到街上一家书店，一本接一本地翻阅陈列的书籍。对这些书，他除了能大略地辨认书名外，其余的内容就无法读下去了，书店营业员讲法语，他也听不懂。这种状况不改变，一切事情都将无从着手。

于是，他特地买了一本法华字典。每天天亮，他就来到公园看法文报纸，开始要花很多的时间去翻字典，后来虽然单词记得多了，但是仍离不开字典。公园里有个管理人员，称赞他这种勤奋好学的精神，主动做了他的法文辅导老师。这段时间，他几乎成了最先踏破朝露，最后送走晚霞的公园游客。他记法文单词简直着了迷，以致忘了吃饭和回家，走错路的事也经常发生。

蔡和森就是这样凭着一股韧劲，刻苦攻读，经过四个月的时间，终于从开始一天只能看一侧消息，到一天能看整版报纸了。这种进步比在学校学法文的同伴要快得多。蔡和森通过读报学习法文，获得了不少有关欧洲各国工人运动的情况，以及俄国十月革命的知识。

葛健豪(中)、向警予(左七)等勤工俭学生在蒙塔尔合影

在此期间，他给国内的毛泽东写信说："看报渐有门径，各国社会运动消息，日能了解一二"，"我在法大约顿五年，开首一年不活动，专把法文弄清，把各国社会党、各国工团以及国际共产党，尽先弄个明白。"

当他在短时间里取得的实际成绩达到了原定计划后，蔡和森开始猛看猛译法文版的马克思主义著作，为中国革命寻找经验而进行艰巨的劳动。

在留法勤工俭学青年中，存在着各种思想倾向，他们信奉各种主义。为了把大多留法青年团结起来，蔡和森和向警予、李维汉等同志商量，决定邀集散居法国各地的13名新民学会会员来蒙达尼聚会，就如何改造中国与世界等重大问题进行讨论。

1920年7月初，新民学会会员从法国各地先后来到蒙达尼，7月6日到10日，他们在蒙达尼公学的教室里举行了5天会议，会上蔡和森提出了以"改造中国和世界"为学会的方针，得到了大家的赞成。

如何改造中国与世界呢？蔡和森主张先要组织共产党，建立无产阶级专政。

蔡和森在1920年8月到9月间，写给毛泽东的两封长信，以及次年2月写给陈独秀的长信《马克思学说与中国无产阶级》，系统地阐明了他对马克思主义基本理论的认识。他说："我近对各种主义综合审谛，觉社会主义真为改造现世界对症之方，中国也不能外此。"中国发生的问题，无论哪一种都不是现社会制度所能解决的，"所以中国的社会革命，一定不能免的"，中国将来的改造，"完全适用社会主义的原理与方法"。从而得出了只有社会主义才能救中国的结论。

特别重要的是，蔡和森明确指出，要发展中国革命，必须成立共产党；并对党的性质、指导思想等问题提出了正确主张。蔡和森认为：一、这个党必须是无产阶级革命政党，是无产阶级的"先锋队、作战部"，它旗帜鲜明地称为"中国共产党"。组织了共产党，"革命运动、劳动运动，才有神经中枢"。二、这个党必须以马克思主义为指导思想，"马克思的学理由三点出发：在历史上发明他的唯物史观；在经济上发明他的资本论；在政治上发明他的阶级战争说。三者一以贯之，遂成为革命的马克思主义。"只有用马克思主义作指导，才能坚持无产阶级的政治方向。三、这个党必须采取彻底革命的方法，反对改良主义。彻底革命的根本问题是发动工农群众夺取政权，打碎旧的国家机器，"实行无产阶级专政"。四、这个党必须密切联系群众，党员应分布于工厂、农村、学校，成为一切群众运动的组织者和领导者。五、这个党必须有

留法新民学会成员合影

铁的纪律，只有这样才能养成有组织有觉悟的战士，担负伟大革命事业。

于是，蔡和森在8月13日和9月16日写了两封长信给在国内的毛泽东。

8月13日的信中说旗帜鲜明地提出："我以为先要组织党——共产党。"

毛泽东于1920年12月和1921年的1月给蔡和森写了两封复信。信中对蔡和森提出的主张表示深切的赞同，特别是对蔡和森9月16的信中提出的建党和一系列的理论。毛泽东回信说："你这一封信见地极当，我没有一个字不赞成"。并告诉蔡和森："成立中国共产党的事，陈仲甫（也就是陈独秀）先生等已进行组织"。

在我们党内，第一个提出建立"中国共产党"这个名词的，首先见于文字的是蔡和森，他是我们党内第一个系统宣传列宁建党学说的人。

为了争取大多数留法勤工俭学学生都信奉马克思主义，坚持走社会主义道路，蒙达尼会议后，蔡和森还向"工学世界社"的成员宣传他的主张，举行会议，并发表了"怎样救中国"的演说，不久，"工学世界社"发展到30多人，成为一个强有力的革命组织。

蔡和森在法国1年多的时间，不仅在传播马克思主义方面作出了巨大的努力。而且还积极从事共产党的组织工作。

1921年7月，蔡和森与工学世界社成员开会讨论建立共产党的问题。

同年，蔡和森在法国发起了建党活动，组织了中国共产主义青年团旅欧支部。周恩来任总支书记。也正在这个时候，1921年7月，中国共产党在上海建立。湖南共产主义小组派毛泽东，何叔衡出席了"一大"，因法国支部没有得到消息，所以没有派代表出席。后来，毛泽东在回忆建党的过程时说："在法国，许多勤工俭学的人也组织了中国共产党，几乎是同国内的组

新民学会的主要发起人
——中国共产党早期革命家蔡和森

织同时建立起来的，那里的党的创始人之中有周恩来，李立三和向警予，向警予是蔡和森的妻子，唯一的一个女创始人，罗迈（也就是李维汉）和蔡和森也是法国支部的创造人。"

蔡和森在法国从事建党活动的同时，还发起组织了多次革命斗争。

蔡和森等人组织的留法勤工俭学学生到法国后，遇到了很多困难，但华法教育会不仅不帮助他们解决困难，还多方进行排斥和刁难，甚至迫害，于是蔡和森、王若飞等同志组织开展了同北洋政府、驻法公使馆、华法教育会的斗争。迫使驻法公馆不得不解决留

长沙新民学会旧址

法学生的生活等困难。

1921年6月，北洋政府企图向法国政府借款来购买军火，扩大内战。蔡和森、周恩来、赵世炎等人领导开展了反对卖国借款的斗争，斗争取得了胜利，迫使法国政府宣布暂缓借款。

1921年秋，北洋政府驻法公使馆和法国当局，借勤工俭学的名义，抽欧洲各国募捐了一笔巨款，创办了"里昂中法大学"。原来答应在法国招收一部分勤工俭学学生入学。但到开学时，蔡和森他们得到的消息，却全是招收国内的富家子弟，因此，激起了留法勤工俭学学生的义愤，蔡和森、周恩来、赵世炎等人发起了一场"占里昂大学"的斗争。

9月21日，蔡和森率领100多名学生冲进里昂中法大学，占领了校舍，驻法公使馆要求法国当局派警察拘捕了中国学生。

9月21日上午，300多名法国武装警察包围了学校，蔡和森等104名学生被拘捕。

10月1日，他们在学校院内发起了绝食斗争，反抗中国驻法公使馆和法国当局的暴行。

10月18日，法国当局给他们加上"扰乱治安"的罪名，无理的把蔡和森等104名留法学生武装押上轮船，强行遣送回国。

给邹彝鼎的一封关于留法勤工俭学问题的信

鼎兄：

我接尔两封长信，详哉其言之！会事待后商量。至往法普通之疑问，则无当于弟之所持也。然究无意劝兄；兄一年中不可离长沙一步也。此回所来分子，主体太少，六人中尚有三人要考军官学校，令我寒心！兄坐误事机，弟对之殊不欲再发一言，所最可感者，闹成一事机非常之不易，而赴事机者愈亲切愈熟知之人，则愈漠视愈犹疑而不可动。老成审慎，诚有异乎常人，究亦何敢多赞。兄之所疑，不可不于此略祛一二，以壮芝赞诸必来者之胆：一则工之性质，不可看得太拘，须知十五、六万华工，消纳五、六十教员及翻译，当不为那样不可能。二则不要将进学堂看得那样要紧，此外尚有其大者远者重者。且即就甘心于进学堂言，一有组织，形势便变，万无不能达目的之理，尤且有早入早达之望也。三则明年之能往与否，一审世界大势便可知，尤令人怀疑者在此点，尤不成问题者亦在此点也。再，开边事，想先觅一人托人荐到吉省办点事情，然后徐图发展。润兄说有湘乡黄君（农校卒业）可当此任，大约近日即有信去。若其来省，定会来访兄，当接洽留住也。驻京惟有润兄最宜，弟则反恐不经济，且形格势禁殊甚，兄将何以再教？

彬白

——新民学会的主要发起人

——中国共产党早期革命家蔡和森

红 色 伴 侣

"革命夫妻有几人，当时蔡向各成仁。和森流血警予死，浩气巍然并世尊。"这是新中国诞生前夕，国民党元老、著名诗人柳亚子先生缅怀红色革命伴侣蔡和森与向警予的诗句。

向警予与蔡和森是同年出生，只少5个月零4天，即1895年9月4日出生在湘西溆浦县城一个商人的家庭里。向警予属土家族，原名俊贤，乳名"九九"。

蔡和森与向警予还有一个共同的名字，那就是"向蔡同盟"的笔名——振宇。蔡和森主编《向导》周报期间，他们曾经常一起用这个名字在周报上发表评论文章。振宇，即"警予"的谐音。

"恰同学少年，风华正茂"之时，毛泽东在长沙的挚友便是蔡和森与向警予。

1912年春，向警予考入湖南省立第一女子师范学校。两年后，转学至长沙私立周南女校，与蔡畅同学。通过蔡畅结识了蔡和森与毛

向警予

泽东等进步青年，并结下了深厚的友谊。

1916年，向警予在周南女校毕业后回溆浦老家，打破当时"男尊女卑"的传统观念，在新式学堂任校长，试图走教育救国之路。她在校内要求女生放脚，亲自为她们解开裹脚布，并向其父母作动员，开女子放脚的先河。

1918年4月14日，毛泽东、蔡和森等在湖南长沙刘家台子蔡家发起成立新民学会。不久，蔡和森受学会委托，前往北京联系湖南青年赴法勤工俭学事宜。毛泽东等也相继去了北京。向警予得到消息，很想跟他们干一番"真事业"。于是，她也来到北京，先拜访北大校长蔡元培先生，再赴河北布里村留法工艺学校会晤了蔡和森，二人加深了友谊。

1919年春，向警予带着新的希望，回到了溆浦。

"五四"运动爆发后，在中国东部以新民学会会员为骨干，组织了声势浩大的群众性爱国斗争。"五四"运动的消息传到溆浦，向警予马上带领师生上街游行示威，沿途高呼口号。整个县城沸腾起来。

此时的向警予正在兴办学校，她主张男女平等，反对缠足穿耳，早已引起地方封建势力的不满。现在她又宣传反帝爱国主张，组织游行示威，痛骂贪官污吏，更使地方上少数顽固官吏士绅惊恐不安。这场斗争，也必然会在家庭中反映出来。

1918年底，驻溆浦的湘西镇守副使兼第五区司令周则范，曾派人到向家来说媒，要娶向警予。周则范向向警予求婚，是想找她这样的新女性，为自己装饰门面。向警予的父亲想利用周家的权势，也倾向于同意这门婚事。

但是，有远大理想和抱负的向警予非常清楚，这是一场严重的考验。她决不能在封建势力面前屈服，要作争取婚姻自由的新女性。

一天，向警予亲自来到周家，当面拒绝了周则范的求婚。一个年轻的女性，在当时社会条件下，不慕封建军阀的权势，不畏封建礼教的束缚，敢于在个人婚姻问题上独自作主，这该需要有多大的勇气

啊！她要在今后从事的救国救民的事业中去结识真正的同志和战友。

长沙求学时的相识，北京重逢时的相知，使向警予对蔡和森产生了敬佩之情。她曾对女友说："蔡和森和毛泽东是我的契友，我的思想感情是倾向他们的。"

不久，蔡和森从北京写信说，赴法勤工俭学的事情已有头绪，要妹妹蔡畅赶紧联合省内女界组织留法运动，特别是要通知向警予，邀她和蔡家一道去法国。

1919年7月，向警予应蔡和森妹妹蔡畅之邀，离开溆浦，赴长沙发起女子赴法勤工俭学行动，并加入毛泽东、蔡和森主持的"新民学会"，成为第一个女会员。

12月25日，蔡和森、向警予、蔡畅及蔡母葛健豪等30余人远涉重洋，赴法国勤工俭学。于是，"向蔡同盟"的爱情之舟扬帆启航了。

　　在漫长的航行船上，在政治问题和学术问题的研究学习当中，在你争我论的雄辩里，共同的革命理想，使蔡和森和向警予两颗青春火热的心，怦然跳动在一起，融合在一起。

　　从此，蔡和森和向警予开始了恋爱。经过35个昼夜的海上航行，他们于2月2日抵达巴黎。在巴黎逗留5天后，到达法国的一个小县城蒙达尼，正式开始了勤工俭学生活。在激情澎湃的日子里，他们两个各自交换诗作，表达彼此的爱恋，表达对革命的向往。

　　1920年5月，蔡和森和向警予在法国蒙达尼正式结婚。这虽然是个简单的婚礼，却轰动了蒙达尼全城。看热闹和祝贺的人们不仅有留法勤工俭学的中国同学，还有许多素不相识的蒙达尼人。其结婚照为二人捧着一本打开的马克思主义《资本论》。照片表明他们的结合，不仅仅是男女之间爱情上的同盟，信誓旦旦，更是革命理想事业上的同盟，同舟共济。婚礼上，二人还将恋爱过程中互赠的诗作编印成书，题为《向上同盟》，分赠给大家。随后，人们把他们的结合称为"向蔡同盟"。

　　在国内的毛泽东闻知此讯极为高兴，十分赞赏他们自由恋爱的行为，认为这是开了一个很好的先例，应该成为大家的榜样。他于1920年11月26日致留法学友罗学瓒的信中说："以资本主义做基础的婚姻制度，是一件绝对要不得的事，在理论上是以法律保护最不合理的强奸，而禁止最合理的自由恋爱……我听得'向蔡同盟'的事，为之一喜，向蔡已经打破了'怕'，实行不要婚姻，我们正好奉向蔡做首领，组成一个'拒婚同盟'。"

后来，毛泽东与杨开慧、李富春与蔡畅等的结合，就是"向蔡同盟"之后的又一支浪漫曲。

1921年底，旅法的蔡和森等人因参加领导学生运动而被法国当局遣送回国。不久，已怀孕的向警予也回到上海。回国后，他们都加入了中国共产党，成为我党最早的一对夫妻党员。

在1922年7月召开的中国共产党第二次代表大会上，蔡和森当选为中央委员，向警予则当选为候补中央委员。同时，蔡和森还担任中央宣传部第一任部长，向警予担任中央妇女部第一任部长。夫妻俩都成为了中国共产党早期卓越的领导人。

1922年4月1日，向警予在上海生下第一个孩子妮妮。由于革命工作的需要，孩子被母亲送回湖南，住在长沙五舅向仙良家。

1924年5月，向警予再次怀孕，和蔡和森一同回到湖南老家探亲。5月25日，向警予在湘雅医院生下儿子博博。孩子出生不到1个月，就由蔡和森的姐姐蔡庆熙哺养。这两个孩子都被誉为"向蔡同盟"的结晶。

向警予身上闪烁着新女性对新社会的强烈追求。革命和伟大的女性这两个显著的特点，

交织出向警予短暂生命旅程的主旋律。这追求，不但表现在她对自由婚姻和美好爱情的向往，同时也表现在她对破裂婚姻和感情正视的态度。在几十年前，他们敢于自由恋爱结婚尚为新潮，为众多国人不齿；而后又敢于打碎死亡婚姻，更是惊世骇俗。

由于生活习性的不合等原因，1926年，向警予与蔡和森在莫斯科分手。生活夫妻"同盟"虽已不再，革命理想同盟却犹在。

1927年4月，蔡和森、向警予的两个儿女在长沙最后一次见到了妈妈。这次见面在蔡父蔡母的张罗下，一家人上照相馆拍摄了一张合影，算是唯一的"全家

1927年，向警予与家人合影。

福"。在这张照片上，不常见到妈妈的儿子蔡博很不自然地站在妈妈向警予怀前。向警予到武汉后，在紧张激烈的阶级搏斗中，这位心中装着中国革命解放大业的母亲还给儿女们写了几首充满母爱柔情的儿歌，其中的一首这样说："希望你像小鸟一样，在自由的天空飞翔，在没有剥削的社会成长！"

1928年3月20日，留在武汉组织并参加地下斗争的向警予不幸被捕。敌人三番五次对她审讯和毒打，但她坚贞不屈，对于党的秘密一字不供，表现了共产党人的崇高气节和优秀品质。

在全世界无产者的节日——"五一"国际劳动节，向警予被残酷杀害，年仅33岁。

　　3年后，蔡和森在广州英勇就义，年仅36岁。

　　1980年5月，许德珩在纪念向警予烈士殉难五十二周年所作的《调寄临江仙》一词中说："向蔡同盟称盛事，妇女解放当先；丹心一片忆从前，豪情惊世界，革命闹翻天。五十年后悼先烈，抛头颅洒热血；为人民斗志弥坚，精诚贯日月，烈士万千年。"

　　有意思的是，时年90高龄的许德珩还在词末作"向蔡同盟"注解："五四运动后，妇女解放运动极为高涨，向警予、蔡和森二同志亦极为提倡。他们二人互相爱慕，结为夫妻。因提倡妇女解放，不称为结婚而称为'向蔡同盟'。此亦当时大可纪念之盛事也，故记之于此。"

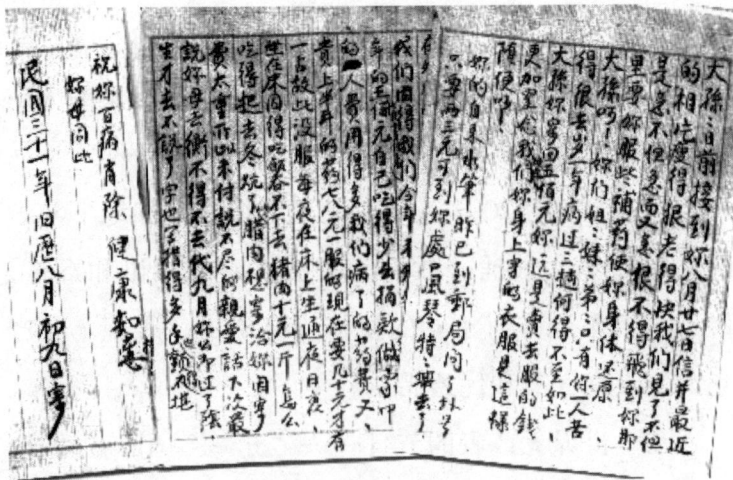

葛健豪手迹

蔡和森写给向警予的悼文

警予，湖南溆浦人，生于1895年。她的父亲是小贩出身，积累成富商。警予幼时正当康梁改革运动继续发展。这运动在湖南的影响很大。警予的大哥是这运动中的活动分子之一。他提倡"新学"，在溆浦县本乡也早就建立起新式的学校。警予是这新式学校中有名的女学生，她会做热烈的民族色彩的小论文，会操体操，尤其会"翻捍（杠）子"。在学校以及在每次全县学生比赛运动中，警予是最铮听闻的"文武双全"的第一名。在这种社会的奖励空气之下，愈加把这个新式的活泼可爱的小女孩子兴奋起来，于是她自早到晚想做"天下第一个伟人"，睡梦中都是这样的想着。

1911年中国辛亥革命之后，警予以常德女子师范学校高才生的资格升学于湖南省城第一女子师范学校。此时教育仍为半封建半资产阶级的混合体，而女子教育方面尤其保持旧礼教，以养成贤母良妻为方针。警予受此陶冶，在学校有"圣人"之称。她的刻苦，她的奋发，她的诚恳，为一般同学所敬爱。毕业后，回乡创办溆浦女学校，任校长职三年。在一县之中，尽其"上说下教"之能事，忘寝忘食是她生活中的经常状况。"五四"运动，她在乡村号召广大的群众运动，终日演讲，宣传"爱国主义"。她的感情热烈得很，她为国家大事，常常号啕大哭。她相信所谓"教育救国"，她抱"独身主义"，要终身从事于教育来改造中国。她绝对与一般娇弱的女学生不相同，她自幼男女同学，青年时代出入一般男女学生群众及农民群众之中而常居于指导地位，故她的言行完全像一个最诚恳的传教师。她真实无比，她异常的勇敢，同时又很琐细，她对于一点小小的事情，常常是要彻日彻夜的去思想去准备。她不知道别的欲望，唯一的欲望只是要她能干出"惊天动地的事业"。她是一个"事业的野心家"，她每每自己这样奋激的幻想，"将来我如做不出大事业，我要把自己粉碎起来，烧成灰！"

她每每这样激烈的幻想便要大哭一场。她每一奋激的时候，便不认识任何险阻与艰难。她的大哥早年留学并死于日本，她还有两个兄弟在日本受过近代教育。她要到"五四"运动及"新青年"文化运动，在湖南青年急进分子中有很大的影响。此时毛泽东、蔡和森等在湖南形成——"新民学会"，倾向于革命的社会运动；听说法国有几万华工——欧战中去的，又有所谓"勤工俭学"之可能，于是号召同志冒险赴法。警予遂与和森及和森之母与妹蔡畅等同船赴法。警予与和森多次谈话之后，开始抛弃教育救国的幻想而相信共产主义，同时警予与和森之恋爱亦于此发生。这是1920年1月15日在印度洋船中的事情。警予和森恋爱之后，一切热情集中于共产主义运动的倾向，一到法国遂纠集同志及华工中的先进分子形成这种倾向的组织。

1921年底，和森被法政府逮捕，遣送回国；不久警予亦回国，此后遂共同参加党的工作。警予责任心极重，同时好胜的"野心"亦极强，因

——新民学会的主要发起人

——中国共产党早期革命家蔡和森

为她自幼以来即养成了她这种心理。自与和森恋爱及参加实际工作后，她精神上常常感受一种压迫，以为女同志的能力不如男同志，在她看来，仿佛是"奇耻大辱"。同志们愈说她是女同志中最好的一个，她便愈不满足。她是"五卅"运动中有力的煽动者组织者之一；她是党的妇女工作的负责者；但她自己总是不甘于"妇女的"工作——纵然她在这种工作上得到一般的信任。当然，以警予的能力说，本来可以担任一般党的指导工作，这是从前党的组织上分配工作的缺点。

1927年3月，警予回到武汉，担任湖北全省总工会女工运动委员会、党省委妇女部的工作，成绩甚大，组织了五六万女工于赤色工会之下，不久又任汉口市委宣传部主任；七月政变时被选为武昌市委负责人；最后任湖北省委宣传部工作兼《大江》报主笔。她的工作成绩，她的忠实，她的责任心，她的过度的刻苦耐劳，她的思想行动，生活之无产阶级化，为党及一般同志所通晓。七月叛变后，武汉处于最严重的白色恐怖之下，在这革命转变的严重时期中，警予充分表现了她的积极性和战斗性，证明她是中国无产阶级劳苦群众最好的战士之一个。广州暴动后，党有两湖暴动计划，湖北同志争以湖北为暴动中心，警予亦异常积极参加此暴动准备工作，不久武汉整个党部被敌人破获，警予被捕于法工部局（1928年3月）。国民党军阀胡宗铎急于要绞杀此掀起大江革命赤潮的女主笔，叠次向法领事要求引渡，因警予颇能法语抗辩，致引起法领事与国民党军阀间一时的冲突，胡宗铎等甚至召集所谓民众大会，通电全国，要求引渡易夏氏——（即警予的假名）并收回法租界。

最后法帝国主义让步，更换驻汉口的法领事。警予引渡之日，武汉劳苦群众，人山人海，都来瞻仰此将要永别他们的领袖。警予慷慨激昂，沿路向着群众高声演说，大呼一切革命口号，群众感情如受闪电一般的刺戟。胡宗铎恐群众起而劫狱，乃于5月1日天未明时枪毙警予于汉口。警予的血是流于伟大光荣的"五一"劳动节呵！警予的血是为中国劳苦群众的苏维埃的红旗而流的呵！这种"惊天动地的事业"不仅有武汉劳动群众，而且有全中国的劳动群众来替这伟大的无产阶级的女英雄来完成呵！年年今日——"五一"——不仅武汉的而且全中国的工农群众都要纪念你If自死的号召，并来完成你的号召——武装暴动建立工农兵苏维埃呵！伟大的警予，英勇的警予，你没有死，你永远没有死！你不是和森个人的爱人，你是中国无产阶级永远的爱人！

警予生一女一男。女名义义（妮妮），现七岁，孩名博博，现五岁，都聪明可爱。警予有不少论文，在《大江》报上尤多，最后有一很详细的全国宣传计划，党中央曾采纳她的建议，指定一委员会讨论并采纳她此计划。这些将来可搜集成一专册。警予有一最亲爱之老友，即和森的老母，老母异常可怜警予，警予亦异常可怜老母，两个孩子都是老母抚养着，警予死耗至今犹瞒着老母！

呕 心 沥 血

1921年11月，蔡和森归国，由当时的党的总书记陈独秀介绍加入中国共产党，并留在党中央担任领导工作。他积极从事党的实际工作，同时继续研究马列主义理论，特别是注意把马列主义和中国实际相结合，研究中国现状，探讨中国革命的基本问题。

1922年2月，向警予到上海后，同蔡和森住在公共租界。20日，华盛顿会议结束。会议签订了九国公约，重申"门户开放"政策。蔡和森在《中国国际地位与承认苏维埃俄罗斯》一文中指出："最近华盛顿会议，承美国帝国主义者特别关照，教职工中国代表自己提出宰割中国的十纲，由此中国半殖民地的国际地位就铁案如山了。"

5月1日，中国劳动组合书记部发起的第一次全国劳动大会在广州召开。蔡和森出席了会议。蔡和森在《先驱》第七期上发表《中国劳动运动应取的方针》、《法兰西工人运动的最近趋势》两文，后一文署名"H.S"。在《中国劳动运动应取的方针》一文中，他指出："资本主义在中国之必然的要倒霉、要短命，就是共产主义在中国必然的要行运，要快来的对照。故中国劳

新民学会的主要发起人
——中国共产党早期革命家蔡和森

动运动的根本方针惟有'早日在中国实行社会革命以促成世界革命，用国际共产主义的资本开发中国的实业'"。

5月5日，当选第一届团中央执行委员。会议后，他为团中央主编机关报《先驱》，第7、8、9三期就是由他主编。

后来，蔡和森在《国人应当共弃的陈炯明》一文中指出："自从陈炯明反对孙中山北伐计划之初，我们就断定他不是一个进步的革命党。""一到今年六月，陈炯明不但不是进取的革命党，而且成为民主革命最可怕、最反动的叛徒，完全暴露他个人割据自私的野心，不异将广东革命政府推翻，将民主革命最好的形势扑灭，将孙中山置之于死地。"

1922年上半年，蔡和森在党中央工作期间，还兼抓社会主义青年团体工作。当时，青年团临时中央局已经建立，办公地点设在上海霞飞路渔阳里6号，蔡和森常驻这里，指导全国青年团的工作。

7月，党召开第二次全国代表大会，根据列宁和共产国际的意见，通过了党的最高纲领和最低纲领，向中国人民提出了彻底反对帝国主义、封建主义和统一中国为真正民主共和国的主张，和经过民主革命到达社会主义、共产主义的道路。蔡和森是大会文件起草人之一，对党的革命纲领的制定作出了重要贡献。"二大"选举蔡和森为中央委员，至"六大"均当选为中央委员。"二大"通过了《关于民主的联合战线议诀案》，决定"先行邀请国民党及社会主义青年团在适宜地点开一代表会议，互商如何加邀其他革命团体"，"组织民主的联合战线，以扫清封建军阀推翻帝国主义的压迫，建设真正民主政治的独立国家为职志"。

此后，中共中央召开西湖会议，专门讨论共产党和国民党建立统一战线组织形式问题，陈独秀、李大钊、张国焘、蔡和森、马林、张太雷出席了会议。西湖会议后，他由张继作介绍人，加入了中国国民党，成为联系两党，建立统一战线的桥梁。

"二大"以后，蔡和森负责编辑党的机关报《向导》，大力宣传党的民主革命纲领，反复阐明反帝反封建的革命思想。《向导》一问世，就受到广大读者的热烈欢迎，人们称颂它是黑暗中国社会的"一盏明灯"，四万万苦难同胞的"先锋队"、"救命符"，中华民族的"福音"。《向导》自创刊至1927年停刊，始终是蔡和森主编，他呕心沥血，夜以继日地为《向导》组稿撰稿。光是署名"和森"的文章就有130篇。

《向导》对第一次国内革命战争的发动和发展起了巨大作用。蔡和森在主编《向导》周报的同时，还撰写了《俄国社会革命史》一书，系统地总结了俄国十月革命的经验。李大钊为推荐他这本书的出版，曾给胡适写过2封信，陈独秀也为他写过6封信。

1922年下半年，他与向警予在上海创办平民女校，蔡和森在这里讲授过《社会进化史》。

1922年12月，他提出了帝国主义是"纸老虎"的论点，提出"戳穿了的纸老虎是吓不住民众势力之发展的"，鼓舞革命人民要敢于同帝国主义、军阀斗争。他还批评了胡适等人提出的"好人政府"、"联省自治"等资产阶级改良主义和国民党人的错误观点。

1923年6月，党在广州举行第三次全国代表大会。着重讨论了和孙中山国民党合作的问题。蔡和森与毛泽东一同出席了会议。大会以投票的方式选举陈独秀（40）、蔡和森（37）、李大钊（37）、王荷波（34）、毛泽东（34）、朱少连（32）、谭平山（30）、项德隆（27）、罗章龙（25）为中央委员（根据瞿秋白纪录）。蔡和森的高票当选，与其主编向导成绩显著，理论水平高等直接有关。会后他与毛泽东回到上海，一道在国民党内做统战工作。

在这期间，蔡和森还在党所创办的上海大学社会学系兼任教授。

1924年，他将自己在上海大学的讲稿，综合整理出版了《社会进化史》一书，他的这部书运用恩格斯的《家庭、私有制和国家的起源》以及达尔文的社会进化论来论证社会发展的必然规律的一部杰作，全书15万余字，从人类的起源，一直讲最终实现共产主义。讲《社会进化史》，详细介绍了恩格斯的《家庭、私有制和国家的起源》，宣传唯物史观的基本原理。

蔡和森积极主张发展工农运动，以促进国民革命的发展并成为国民革命的"中坚"。他指出，工农阶级是中国革命的"新动力"、"台柱子"，只有依靠工农阶级才能完成国民革命的使命。

在1925年4月，他就提出建立农民武装的问题，

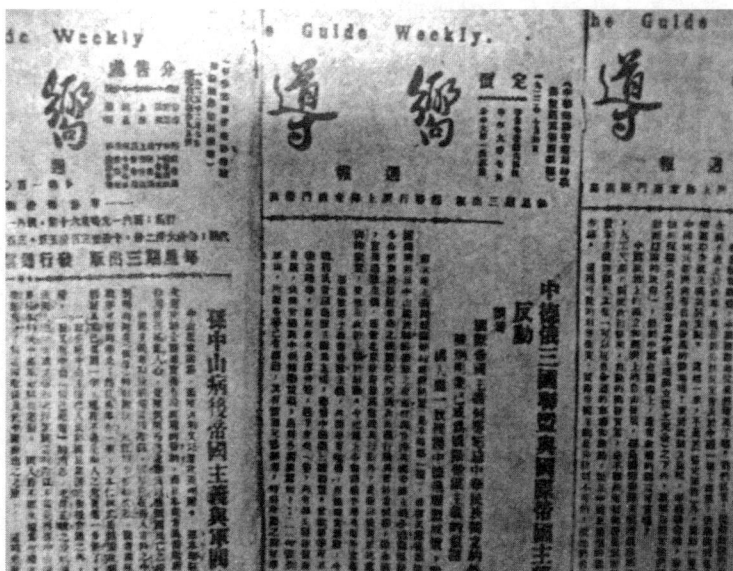

蔡和森主编的《向导》

指出"农民运动之武装的形式"的重要性。他向一切愿意革命的人们指出："你们或是站在占全国人口百分之九十以上的真正革命阶级（工农阶级）方面，或是站在占全国人口百分之十以下的反革命阶级（买办阶级和地主）方面。除此以外，没有别的出路。"

1925年5月，上海工人举行罢工游行活动，5月30日下午，蔡和森随着人群，来到南京路发表演讲，散发传单。他在演讲中说："帝国主义枪杀中国工人顾正红倒没有罪？中国工人、学生在自己的国土上声援被害同胞，反而有罪？遭工部局逮捕、坐牢、判刑，这是什么世道？哪一国的法律？帝国主义这样横行霸道，难道我们中国人能忍受吗？"

蔡和森的演讲得到市民热烈响应，广大群众振臂高呼："打倒帝国主义"、"收回租界"等口号。约在下午4至5时，租界巡捕在浙江路一带逮捕和殴打演讲学生，愤怒的群众聚集在南京路老闸捕房前，坚决要求释放被捕学生。英巡捕头目下令开枪射击，当场被打死13人，伤者无数，造成震惊中外的"五卅"惨案。

惨案发生后的当天深夜，中共中央又在闸北召开紧急会议，陈独秀、蔡和森、李立三、恽代英等出席会议。会上，蔡和森提出了号召全上海工人罢工、商人罢市、学生罢课，反对帝国主义对中国人民屠杀的策略主张。他说:"总罢课是无问题的,总罢工也可以逐渐实行。现在要用一切力量促成总罢市的实现,要造成上海市民总联合的反帝大运动。"

会议接受了蔡和森的建议。并决定组成由蔡和森、李立三、瞿秋白参加的党的行动委员会,直接领导上海政治斗争。5月31日,党在租界又组织了一次大示威。当晚,上海总工会正式成立并发出第一号通令,宣布6月1日实行全市工人总罢工。

在党的指引下,6月1日,上海20万工人大罢工,学生罢课、商人罢市,形成了"三罢"高潮。当晚,中共中央再次举行会议,蔡和森在会上分析了革命形势,进一步提出了新的策略主张:"在上海应当马上成立工商学联合会,成为这一反帝运动总的公开指挥机构,以巩固和发展这一运动,进行长期的斗争;同时要马上把运动扩大到全国去。"

6月4日,上海工商学联合会在闸北成立。6月5日,中共中央发表了蔡和森起草的《为反抗帝国主义野蛮残暴的大屠杀告全国民众书》。指出:"五卅"上海事变"完全是政治的","解决之道不在法律而在政治,所以要认定废除一切不平等条约,推翻帝国主义在中国的一切特权为其主要目的"。并指出:"须将这个斗争持续的依靠于全国民众自身的力量,万不可依

赖和相信政府的交涉而中辍民众的反抗。"不能"把残杀之罪转移于其雇用之巡捕，而反认真正的敌人为'调人'"等。号召全国被压迫的民众共同起来反抗此种血腥屠杀。不久，"五卅"运动在全国各大城市蓬勃兴起，给帝国主义以沉痛打击。

蔡和森在"五卅"运动中提出的策略主张，生动地表明了他的远见卓识以及领导群众斗争的才能。

"五卅"运动的反帝风暴很快就席卷了全国。不久，又爆发了省港大罢工，使反帝爱国运动再起高潮，并且坚持了 16 个月之久，创造了国际工人运动史上的奇迹。为了把这场斗争推向全国去，蔡和森在自己主编的《向导》周报上，以中国共产党的名义发表了《告全国民众书》，很快地就把这场斗争发展到了广州、香港等城市。

与此同时，蔡和森的夫人向警予也在积极配合他的工作，她经常出席党中央的重要会议，她和杨之华等通过国民党上海执行部的妇女部，在广大妇女中进行宣传和组织工作，白天带领妇女和学生到街上宣传募捐，晚上到工人夜校进行宣传鼓动。

她们在外国租界讲演宣传时，常遭到外国巡捕的棍棒驱赶和水龙头的疯狂喷射。向警予每次上街宣传，总是穿着雨衣，带着雨帽。当她讲演时，都是任水龙头喷射，等群众跑散了，才最后一个跟着走，身上水淋淋的，但换了一处，她仍旧讲演，帽子上的水不断地滴下来，她也一直讲下去。这种顽强勇敢，坚韧不拔的精神深深地鼓舞了听众。

上海大学的学生在运动中起了重要作用。向警予

五卅纪念碑

也参加和支持他们的爱国反帝活动。每次上海全市学生集合游行，上海大学的校旗，由两个人举着，走在学生队伍的最前面。然后是复旦、交大等学校。

各校学生组织讲演队，散发宣传品。大学和中学生每小组六七人，主讲的有1至3人，万一第一个被捕，由第二个学生继续讲；第二个被捕，第三个再讲。小学生则活跃在里弄和街巷。他们机智灵活地散发宣传品，有的塞进邮筒，有的放到商店柜台上。

"五卅"运动后不久，爆发了省港大罢工。向警予通过各地"妇女解放协会"等组织，大力声援，还组织上海、广州、香港的女工数千名，直接参加了省港大罢工，成为省港大罢工队伍中一支重要力量。

之后，蔡和森与向警予赴莫斯科参加共产国际第六次扩大全会。蔡和森代表中共中央的致词。会后，与李立三作为中共驻共产国际的代表，留在莫斯科。

1925年底，他又在莫斯科中山大学作了《中国共产党史的发展》长篇讲演，详细回顾了从建党到1925年中央第二次扩大执委会议的历史，对中国革命的性质、党的历史任务和各阶级在革命中的作用作了深刻的分析，指出资产阶级的两面性，无产阶级是"革命的领导阶级"，农民是"工人阶级的同盟军"。这是我们党的第一部党史著作。

1926年2月10日，中共中央局委员蔡和森写了一篇《关于中国共产党的组织和党内生活向共产国际的报告》，长达7万字。

在报告中，蔡和森详细记述了"五卅"运动的全过程及中共在其中的地位和作用。其用意十分清楚，在于以大量的事实论证中国共产党已经从一个"人数不多的团体变成群众性的党"。经过"五卅"运动的锻炼和考验，从数量上已发展到近5000人，是"四大"前的5倍。更重要的是，从中央到地方的党组织都有严密的组织系统。

蔡和森诚恳地表明，中共希望建设成为一个"真正能领导中国革命的党"、"全中国的党"。蔡和森的这些希望，在一定程度上，至少从一个重要方面，反映了中国共产党的实际，代表了中国共产党人的看法，是在中国革命的转折关头提出来的，其意义和影响不可小视。

1927年春，中国的大革命运动进入了高潮。共产国际派蔡和森回国加强对中国革命的领导。

4月1日，他途经长沙时，国民党湖南省党部在教育会坪举行欢迎大会。会上蔡和森以中共中央执行委员的身份作了重要演说。他4月1日的演说，刊登在4月2日的《湖南民报》上。文章对农民革命作了极其精辟的论述。他说："现在革命的发展，第一当注重的是农运问题，农运是整个革命根本问题。""谁能解决农民问题，谁即可以得天下。"他还特别强调必须注重"革命武装问题"。他说："根本问题在武装农民起来。"他已敏锐地觉察到，蒋介石等国民党右派在破坏革命，提醒革命派不要"牺牲农民利益而与右派妥协"。他的这篇演说，对农民革命作了精辟的论述，如同毛泽东后来《湖南农民运动考察报告》一样，对湖南的农民运动起了很大的指导作用。

1927年4月27日，党在武汉的武昌小学礼堂举行第五次全国代表大会。蔡和森出席了这次会议，并被选为中央委员和中央政治局、常委委员。

从党的"五大"到"八七"会议，是中国革命严重困难时期。蔡和森作出巨大努力，提出许多重要意见，力图挽救革命危机，使革命沿着正确方向发展。

5月17日，夏斗寅在湖北叛变。21日，许克祥在湖南叛变。

蔡和森和李立三向中央提议，由叶挺部和中央军校全部武力立即占领粤汉路，剿夏斗寅，再由粤汉路直取湖南为根据地，尔后取湖北和广东，同时广泛发展工农武装，准备以革命暴动对付反革命暴乱。但党内一些领导人甚至参加了武汉国民党中央的"马日事变"调查团，指责工农运动"过火"，蔡和森不同意他们的意见，主张把工作中心放在发展工农运动，扩大工农武装，解决农民土地问题，对反动派坚决进行反击。

6月初，汪精卫到郑州和冯玉祥举行会议，反共倾向已明。为摆脱困境，蔡和森主张解决两湖问题。他指出，我们不要再为他人作嫁衣裳，伐来伐去，依然两袖清风，我们应当坚定地自觉地发展我们的力量，建立我们的根据地，并具体拟定了议案。但是最后，这个决定又被推翻。

唐生智把部队撤回武汉以后,明显地暴露出他要巩固自己在两湖的地位和打击共产党的企图。当时蔡和森正在武昌毛泽东家养病,6月25日,他写信给中央常委:"唐回湘后,反动态度既已如此明白,我们坐此静待人家来处置,直无异鱼游釜底!'我们提议中央机关移设武昌,同时中央及军部应即检查自己的势力,做一军事计划,以备万一'"。这是在革命危急关头应采取的正确方针,可是陈独秀等人没有接受。

从7月16日开始,蔡和森连写7封信给中央常委,提议中央召开全体会议决定新方针,发动土地革命,发展革命武装,并愿留湖南工作。但都没有被组织接受。

蔡和森同志纪念馆

蔡和森参加了党的"八七"会议，在历时仅一天的"八七"会议上，蔡和森先后作过4次发言。他与毛泽东等同志批判了陈独秀的右倾错误，指出"过去一切错误都无五次大会后的错误那样厉害"，并且在会上作了自我批评，说"我是过去政治局的一人，我应负此错误的责任"。坚决主张发动土地革命，武装反抗国民党的反动统治。

蔡和森是秋收暴动的提案人之一，并再次要求赴湘参加秋收暴动，不必留政治局，同时提议毛泽东参加中央政治局。

党的"八七"会议后，新的中央政治局决定派他到北方局去指导党的工作。他一到北方局，就认真传达贯彻党的"八七"紧急会议精神，开展了整顿党的组织的活动。

9月24日，他在开津直隶省委改组会上作了《党的机会主义史》的长篇报告。在北方局，蔡和森还写了《北方工作决议案》、《致中央的信》、《关于顺直问题的报告》等。

1928年6月，党的第六次全国代表大会在莫斯科举行，蔡和森出席了大会。继续当选为中央政治局常委、委员。他对政治问题、职工运动和农民土地问题都作了发言。他在这些发言和随后写的《中国革命的性质及其前途》中，论述了中国革命性质，农民问题和革命转变问题等。

蔡和森是4月离开上海赴莫斯科的。5月1日，向警予在武汉壮烈牺牲，他在莫斯科得这一消息后，非常悲痛，于7月22日写了《向警予同志传》，他在此传中写道"伟大的警予，英雄的警予，你没有死，你永远没有死！你不是和森个人的爱人，像是中国无产阶级永远的爱人！"表达了对向警予深切的悼念。

1939年"三八"妇女节时，毛泽东在延安发出号召："要学习大革命时期牺牲了的模范妇女领袖，女共产党员向警予，她为妇女解放，为劳苦大众解放，为共产主义事业奋斗了一生。"

1939年7月，周恩来在一次讲话中，号召大家学习中国历史上的女英雄花木兰、秦良五、蔡文姬等，还要学习现代历史上的女英雄秋瑾、何香凝、向警予。她们是中国妇女的模范。后来，周恩来还说，向警予是我党的第一个女中央委员，中央第一任妇女部长，为革命牺牲了，我们不要忘记她。

向警予曾经说过："人生价值的大小是以人们对于社会贡献的大小而判定的。"她为共产主义事业奋斗了一生，给中国革命作出了巨大的贡献，在中国革命史册上写下了光辉的一页。

陈 炯 明

陈炯明（1878年—1933年），粤系军阀，中国军事家，参加过辛亥革命。1908年毕业于广东法政学堂。1909年创办《海丰自治报》，旋被推选为广东咨议局议员。同年加入同盟会，翌年参加了广州新军起义，起义失败后，到香港参加党人刘思复等组织的支那暗杀团。

1911年，广州"三二九"起义爆发，陈炯明任统筹部编制课课长兼调度课副课长。武昌起义后，赴东江组织民军起义，建立循军，光复惠州所属各县。广东光复后任副都督、代都督、绥靖经略、护军使。二次革命中，宣布广东独立，二次革命失败后流亡南洋。

1916年在惠州附近成立了广东共和军总司令部，任总司令，参加护国。袁世凯死后，交出兵权，北上晋见段祺瑞、黎元洪，获"定威将军"称号。1917年随孙中山南下护法，11月任广东省长亲军司令，12月任援闽粤军总司令，

——新民学会的主要发起人
——中国共产党早期革命家蔡和森

率亲军组成援闽粤军。1918年1月，兼任惠潮梅军务督办，率部入闽，援闽粤军扩编为两个军后任总司令兼第一军军长。1920年8月，奉命回师广东进攻桂军，10月28日，攻克广州，任广东省长兼粤军总司令。

孙中山就任非常大总统后，任陆军部长、内政部长、广东省长兼粤军总司令。因反对北伐，且以辞职相威胁，被免去内政部长、广东省长和粤军总司令职，保留陆军部长。

1922年6月指使所部叛变，炮轰孙中山驻地后回任粤军总司令。1924年1月4日，孙中山通电讨陈，组成东、西两路讨贼军，16日讨贼军克广州。陈炯明通电下野，退居香港，残部退往东江一带，后经广州国民政府两次东征，被彻底消灭。1925年10月10日，洪门团体代表在美国旧金山召开中国致公党第一届代表大会，美洲致公堂改组为中国致公党，推举陈炯明为总理，唐继尧为副总理。1933年9月22日，陈病逝于香港，翌年归葬于惠州西湖。

"五卅"运动

1925年2月起,上海22家日商纱厂近4万名工人为反对日本资本家打人和无理开除工人,要求增加工资而先后举行罢工。中共中央专门组织了领导这次罢工的委员会。

1925年5月15日,上海日商内外棉七厂资本家借口存纱不敷,故意关闭工厂,停发工人工资。工人顾正红带领群众冲进厂内,与资本家论理,要求复工和开工资。日本资本家非但不允,而且向工人开枪射击,打死顾正红,打伤工人10余人,成为"五卅"运动的直接导火线。第二天,中共中央发出第32号通告,紧急要求各地党组织号召工会等社会团体一致援助上海工人的罢工斗争。19日,中共中央又发出第33号通告,决定在全国范围发动一场反日大运动。28日,中共中央召开紧急会议,决定以反对帝国主义屠杀中国工人为中心口号,发动群众于30日在上海租界举行反对帝国主义的游行示威。同时,为加强工

——新民学会的主要发起人
——中国共产党早期革命家蔡和森

会组织的力量，决定由共产党人李立三、刘华等主持，成立上海总工会。随后，刘少奇到达上海，参加上海总工会的领导。

5月30日上午，上海工人、学生2000多人，分组在公共租界散发反帝传单，进行讲演，揭露帝国主义枪杀顾正红、抓捕学生的罪行、反对"四提案"。租界当局大肆拘捕爱国学生。当天下午，仅南京路的老闸捕房就拘捕了100多人。万余名愤怒的群众聚集在老闸捕房门口，高呼"上海是中国人的上海！""打倒帝国主义！""收回外国租界！"等口号，要求立即释放被捕学生。英国捕头爱伏生竟调集通班巡捕，公然开枪屠杀手无寸铁的群众，打死13人，重伤数十人，逮捕150余人。其中捕去学生40余人，击毙学生4名，击伤学生6名，路人受伤者17名，已死3名。6月1日，又枪毙3人，伤18人，制造了震惊中外的"五卅惨案"。

当天深夜，中共中央再次召开紧急会议，决定由瞿秋白、蔡和森、李立三、刘少奇和刘华等组成行动委员会，组织全上海民众罢工、罢市、罢课，抗议帝国主义屠杀中国人民。

帝国主义的屠杀，点燃了中国人民郁积已久的对帝国主义侵略的仇恨怒火。从6月1日起，上海全市开始了声势浩大的反对帝国主义的总罢工、总罢课、总罢市。从6月1日到10日，帝国主义者又多次开枪，打死打伤群众数十人。英、美、意、法等国军舰上的海军陆战队全部上岸，并占领上海大学、大夏大学等学校。上海人民不惧怕帝国主义的武力镇压，相继有20余万工人罢工，5万多学生罢课，公共租界的商人全体罢市，连租界雇用的中国巡捕也响应号召宣布罢岗。

6月1日，上海总工会成立，李立三任委员长。这标志着上海工人运动从分散的状态开始转向集中的有组织的行动。上海工人阶级在总工会领导下，成为一支组织严密、纪律严格的反对帝国主义的主力军，在斗争中发挥了中流砥柱的作用。6月4日，上海总工会与全国学联、上海学联、各马路商界总联合会共同组成的上海工商学联合会宣告成立，上海各界民众结成了反帝联合战线。

在中国共产党的领导和推动下，"五卅"运动的狂飙迅速席卷全国，从工人发展到学生、商人、市民、农民等社会各阶层，并从上海发展到全国各地，遍及全国25个省区（当时全国为29个省区），约600至700个县，各地约有1700万人直接参加了运动。北京、广州、南京、重庆、天津、青岛、汉口等几十个大中城市和唐山、焦作、水口山等重要矿区，都举行了成千上万人的集会、游行示威和罢工、罢课、罢市。6月11日，汉口参加游行示威的群众行至公共租界时，英国水兵向人群开枪射击，打死数十人，重伤30余人。汉口惨案进一步激起全国民众的愤怒。全国各地到处响起"打倒帝国主义"、"废除不平等条约"、"撤退外国驻华的海陆空军"、"为死难同胞报仇"怒吼声，形成了全国规模的反帝怒潮。

中国人民反帝斗争得到了国际革命组织、海外华侨和各国人民的广泛同情和支援。在莫斯科举行了50万人的示威游行，声援中国人民的"五卅"运动，并为中国工人捐款。在世界各地，有近100个国家和地区的华侨举行集会和发起募捐，声援"五卅"运动。6月7日，日本30多个工人团体举行盛大演讲会，决议声援中国工人团体，同时向日本政府和资本家提出抗议。英国工人阶级积极行动，阻止船、舰、车辆运输军火到中国。"五卅"运动成为具有广泛国际影响的反对帝国主义的斗争。

"五卅"运动沉重打击了帝国主义，对中华民族的觉醒和国民革命运动的发展起了巨大的发展作用，大大提高了中国人民的觉悟，揭开了大革命高潮的序幕。中国共产党在领导"五卅"运动的斗争中受到很大锻炼，培养造就了一大批干部，党组织也得到极大发展，在斗争实践中总结了宝贵的经验，为以后党领导大规模的群众斗争奠定了基础。

新民学会的主要发起人
——中国共产党早期革命家蔡和森

浩 气 长 存

1928年8月，蔡和森从莫斯科归国时，哮喘病已经非常严重。

11月，他卧病上海，仍带病写了《国民党反革命统治下的辛亥革命纪念》和《中国革命的性质及其前途》两篇重要文章，发表在《布尔什维克》第一、二卷上。

1929年初，他作为中共驻共产国际代表，再次来到了莫斯科。蔡和森的发言稿《论陈独秀主义》发表在《布尔什维克》第四卷上。

蔡和森特别强调农民问题在民主革命中的重要性，指出"中国革命的中心问题是农民问题"。无产阶级政党只有彻底发动农民，解决农民的土地问题，建立工农政权，巩固工农联盟，才能取得民主革命的胜利。关于革命转变问题，蔡和森说，中国共产党向全国劳动群众宣布，中国革命有社会主义前途，并且为争取这个前途而努力奋斗。

1931年春，蔡和森从莫斯科归国。中央派他到香港去主持工作，同时帮助恢复遭到严重破坏的香港党组织。临行前，刚从香港回来的外甥女对他说："那边的情况很糟，实在危险，还是暂时不要去吧。"蔡和森回答："干革命，哪里需要就去哪里，不能只考虑个人的安危。"

蔡和森一到香港，就听说党内的叛徒顾顺章，已经跟踪他到了香港。但他还是不顾危险，出席了6月10日在预定地点召开的一个群众集会，刚进会场，就被蹲在那里等他的便衣特务逮捕了。

两天以后，香港英国当局把他引渡给广东国民党特务机关。在广州的监狱中，敌人对蔡和森施用了种种酷刑，把他折磨得血肉模糊，但却丝毫不能动摇他的坚强意志。最后，敌人灭绝人性地把蔡和森拉到监狱的墙边，用铁钉把他的四肢钉在墙壁上，之后，秘密杀害。蔡和森就义时年仅36岁。

蔡和森牺牲后，一直受到党和人民的深切怀念。毛泽东在一次谈话中说："一个共产党员应该做的和森同志都做到了。"

新民学会的主要发起人

——中国共产党早期革命家蔡和森

中华魂·百部爱国故事丛书

提　要

《誓与禁烟相始终——民族英雄林则徐》

林则徐严禁鸦片，坚决抵抗西方列强的侵略，坚持维护国家主权和民族利益。他是中国近代历史上第一位睁眼看世界的人，是抗击帝国主义殖民侵略的第一人，是中华民族抵御外侮过程中伟大的民族英雄。

《血洒虎门御敌寇——抗英将军关天培》

民族英雄关天培，在第一次鸦片战争中为了抗击英国侵略者的入侵而血洒虎门，为国捐躯，谱写了一曲可歌可泣的英雄赞歌。关天培用他的生命，书写了中国人民反抗外侮的历史。

《威震镇海靖节魂——抗敌英雄裕谦》

在第一次鸦片战争期间的众多牺牲者中，有一位官阶最高，他就是两江总督裕谦。裕谦与外国侵略者斗争立场坚定，与国内妥协派、投降派斗争态度坚决。裕谦督战镇海，与英国侵略军浴血奋战，临危不惧，以身报国，浩气长存。

《斩邪留正解民悬——太平天国领袖洪秀全》

农民出身的洪秀全，从失意文人到起义领袖，经历了长期的思想演变过程，在外敌入侵、清朝政府腐朽的历史环境之下，顺应时代的潮流，成长为一位非凡的历史英雄人物，建立了与清朝政府相抗衡的农民政权——太平天国。

《仰承汉唐　荟萃中外——近代数学家李善兰》

李善兰是我国19世纪重要的科学家之一，在数学、天文学、力学等方面都有重大建树。他继承了我国古代数学的成就，又以极大的热情传播西方科学文化，"仰承汉唐，荟萃中外"，把自己的一生献给了科学事业。

《严谨治学　勇于探索——近代著名数学家华蘅芳》

华蘅芳，中国近代数学家之一。其精通中国古算学，并熟练掌握西方近代数学，是中国验证抛物线并著书立说的参与者。为了证明"外国有的，中国也能造"而鞠躬尽瘁，在引进西方科学技术、传播科学知识上贡献卓著。

《折冲樽俎护山河——近代著名外交家曾纪泽》

曾纪泽是中国近代史上著名的爱国外交家，在中俄伊犁交涉事件中，他秉承抵抗列强、保卫国家的坚定意志，利用外交手段全力同沙俄抗争，捍卫了国家主权、民族尊严，收回了祖国的领土，在近代中国外交史上留下了光辉的一页。

《甲午海战留英名——民族英雄邓世昌》

邓世昌，北洋水师名将。本书以邓世昌的成长过程为线索，以代表性的历史故事为主要内容，还原真实的历史事件，突出鲜明的人物性格。邓世昌因在中日甲午海战中突出的英雄气概而名垂史册，书写了伟大的爱国主义篇章。

《誓与舰队共存亡——北洋水师提督丁汝昌》

丁汝昌处在清朝政府的腐朽和李鸿章的专断下，难以施展爱国的抱负，壮志未酬，愤恨而终。但丁汝昌为建立近代海军作出的巨大贡献，带领北洋舰队爱国官兵勇抗强敌的英雄事迹，将永远为后代所传颂。

《镇南关上凯歌扬——抗法老英雄冯子材》

1885年中法战争中，年逾古稀的冯子材为抵御外国侵略，勇赴国难，大败法军于镇南关，并乘胜追击，接连收复文渊、谅山等地，从根本上扭转了中法战争的局面，成为近代民族英雄的杰出代表。

《屡败法军逞英豪——黑旗军将领刘永福》

刘永福是黑旗军的创建者，是农民出身的杰出军事家、政治活动家。在19世纪发生的援越抗法、中法战争中，他率部与帝国主义侵略者进行了殊死的战斗，建立了卓越的功勋，成为我国近代史上著名的民族英雄，为后世所景仰。

《矢志变法强国家——戊戌变法领袖康有为》

康有为是清末民初最有影响力的思想家之一。他领导了中国知识界的启蒙运动，掀起了一场自上而下的政体改革。他最早在中国提出了立宪政体和具体的宪政方案，主张在坚持儒家传统和帝制的前提下，学习西方经验，他的进步思想对近代中国具有深远的影响。

《开民智以报国　普新知而图强——戊戌变法思想家梁启超》

梁启超，中国近代史上著名的政治活动家、启蒙思想家、史学家、文学家、戊戌变法领袖之一。本书以百日维新思想家梁启超的成长过程为线索，以代表性的历史故事为主要内容，还原真实的历史事件，突出鲜明的人物性格。

《我自横刀向天笑——维新志士谭嗣同》

谭嗣同在民族危机的严重时刻，投身改革救中国的洪流。为了带给祖国一个光明的未来，紧要关头，他挺身而出，用自己的鲜血激励后人，把宝贵的生命献给了变法事业。

《睡乡敢遣警世钟——用生命警策国人的陈天华》

陈天华是民主革命的活动家和宣传家。他写的《猛回头》《警世钟》等书，起到了革命启蒙的重大作用。为了激发留日学生的爱国情怀，他不惜投海自杀，演出了近代史上感人至深的一幕，给后人留下了难忘的印象。

《革命军中马前卒——民主斗士邹容》

革命乃"至尊极高，独一无二，伟大绝伦之一目的"；它是"天演之公例，世界之公理，顺乎天而应乎人"的伟大行动。因此，必须"仗义群兴革命军"。他激情高呼："革命独子万岁！中华共和国万岁！"这就是《革命军》的作者，中国近代著名资产阶级革命宣传家邹容。

《休言女子非英物——鉴湖女侠秋瑾》

为民族解放和妇女解放而英勇斗争的秋瑾，冲破封建礼教的思想牢笼，打碎封建精神枷锁，崇仰真理，追求光明，主张共和，坚持男女平等，最终献出了自己年轻的生命。

《血溅校场　杀身成仁——民主斗士徐锡麟》

本书讲述了反清志士徐锡麟弃文从武、投身反清革命事业，最终被清政府杀害的故事。出于对国家的热爱，徐锡麟献出自己的生命，他的事迹将永远激励后人深切缅怀这位民主革命的先驱。

《生可死耳　我志长存——献身民主的禹之谟》

禹之谟，民主革命党人，同盟会会员，近代资产阶级革命家、实业家。1886年，20岁的禹之谟"提三尺剑，挟一卷书"游历四方，研究西方社会政治学说，忧国忧民之心日趋强烈。戊戌变法失败，他丢掉改良幻想，倡革命救亡之说，走上民主革命道路。

《物竞天择　适者生存——资产阶级启蒙思想家严复》

严复是中国近代著名的启蒙思想家、翻译家和教育家。他长期从事教育和翻译事业，为近代中国人才培养和思想启蒙做出了重要贡献，同时他也为中国的翻译事业和中西思想文化交流做出了重要贡献。

《辛亥革命急先锋——资产阶级革命家黄兴》

黄兴，清末民初资产阶级革命家，中华民国开国元勋。黄兴在武昌首义及辛亥革命时期的爱国表现，与孙中山闻名于当时，常被时人以"孙黄"并称。本书以资产阶级革命活动实干家黄兴的成长过程为线索，歌颂了先辈伟大的爱国主义精神。

《矢志革命　百折不回——近代民主革命家廖仲恺》

廖仲恺追随孙中山踏上了创立民国与捍卫共和制的旧民主主义革命

新民学会的主要发起人

之路；在新民主主义革命时期，他为建立、巩固首次国共合作和实施三大政策，英勇奋斗，为国殉职，洒尽了一腔热血。

《将军拔剑南天起——护国英雄蔡锷》

蔡锷是中国近代史上的杰出军事家、爱国者。他的一生短暂而伟大。辛亥革命爆发，他毅然投身于革命洪流之中，领导云南重九起义，对武昌起义积极响应。袁世凯窃国复辟、恢复帝制的阴谋暴露出来以后，他又毅然举起了武装讨袁的旗帜。

《反帝反封建运动——五四青年的爱国故事》

五四运动是一次伟大的反帝反封建的爱国运动；是一个伟大的历史转折点；是中国人民的斗争从挫折走向胜利的一个关节点，它为中国的前进开辟了一条全新的道路，拉开了中国新民主主义革命的序幕。

《思想自由　兼容并包——著名教育家蔡元培》

蔡元培是中国近现代著名的民主革命家和教育家，一生经历风雨，却始终信守爱国和民主的政治理念，致力于废除封建主义的教育制度，奠定了我国新式教育制度的基础，为我国教育、文化、科学事业的发展做出了富有开创性的贡献。

《为国家争光　为民族争气——中国铁路之父詹天佑》

詹天佑是我国最早的杰出铁道工程师，因主持建造京张铁路而闻名中外，被誉为"中国铁路之父"。他为祖国的铁路事业贡献了毕生的精力。本书向读者展示了詹天佑热爱祖国、科技兴国的辉煌人生。

《实业救国　衣被天下——轻工之父张謇》

张謇是爱国实业家、教育家。他年轻时中过状元。过了40岁，开始投身工商实业活动中，他的名言是"富民强国之本在于工"。在南通，创办大生丝厂、银行等各种实业。并将创办实业的大部分所得投入教育。他的观点是，教育和实业一样，也是"富强之大本"。

《心向革命　追求光明——平民将军冯玉祥》

冯玉祥将军"是一位从旧军人转变而成的坚定的民主主义战士"。

抗日战争期间，他辗转各地，用实际行动积极抗战。日本战败投降后，他为了断绝美国的援蒋内战，又在美国四处演说，揭露蒋介石统治之黑暗，痛斥美国阴谋分裂中国的不良行为。

《刑场上的婚礼——革命烈士周文雍　陈铁军》

周文雍是广州起义的主要领导人之一。陈铁军出身于华侨商人家庭，却毅然投身革命洪流。1928年1月，两人接受派遣，回到广州假扮夫妻从事革命斗争，却不幸被捕。临刑前，两位烈士将敌人的枪声当作自己婚礼的礼炮，用生命和爱情谱写出一曲千古绝唱。

《星星之火　可以燎原——井冈山斗争的故事》

1927—1929年，毛泽东、朱德等老一辈革命家，在井冈山创建了农村革命根据地，进行了艰苦卓绝的斗争，建立了新型革命武装，点燃了工农武装革命之火，找到了农村包围城市最后夺取政权的中国革命的正确道路。

《新民学会的主要发起人——中国共产党早期革命家蔡和森》

蔡和森青年时期曾与毛泽东等人一起组织进步团体新民学会，参加五四运动，并在赴法国勤工俭学时研读大量马克思主义著作，回国后以满腔热忱投身革命事业，成为中国共产党早期重要的理论家和宣传家。

《威震黄浦江畔　高奏抗日壮歌——一·二八淞沪抗战》

面对日本侵略者的挑衅，十九路军在蒋光鼐、蔡廷锴的带领下，高举义旗，奋力一搏。一·二八淞沪抗战，是中国军人捍卫军人荣誉和祖国尊严所发出的吼声，谱写了一曲抗击日军侵略的英雄壮歌。

《将军恨不抗日死——慷慨就义的吉鸿昌》

在国难深重的20世纪30年代，吉鸿昌将军因拒绝执行国民党指示，坚决不打内战，被迫携眷出国"考察"。回国后，他加入中国共产党，组织了民众抗日同盟军，英勇打击日本侵略者，后于1934年11月被国民党反动派杀害。

《献身革命　甘于清贫——梅岭忠魂方志敏》

　　大革命失败后，方志敏凭着"两条半步枪"起家，身经百战，创建了赣东北革命根据地和红十军。本书真实记录了方志敏投身于革命、领导红军和敌人进行艰苦卓绝斗争的经历，歌颂了烈士贫贱不移、威武不屈、献身革命的高尚品质。

《奏响中华最强音——人民音乐家聂耳》

　　聂耳在他有限的生命中创作了数十首革命歌曲，在抗日救亡运动中，聂耳的这些歌曲产生了广泛深远的影响。他的音乐创作为中国无产阶级革命音乐的发展指明了方向，树立了榜样。

《横眉冷对千夫指——中国文化革命主将鲁迅》

　　鲁迅不但是伟大的文学家，而且是伟大的思想家和伟大的革命家。在那风雨如晦的黑暗年代里，他以笔为投枪，同一切帝国主义和反动派进行了顽强的战斗，为中国人民树立了一个不朽的丰碑。他是新文化战线上的一面光辉旗帜，是我们伟大民族的灵魂。

《铁流两万五千里——红军长征的故事》

　　红军长征是人类历史上的一次伟大的壮举。第五次反"围剿"失败后，中国工农红军的三大主力在极端艰难的条件下，突破国民党军队的围追堵截，进行了史无前例的战略大转移，总行程达两万五千里以上。途中发生了许多动人故事，至今令人难以忘怀。

《荣辱不移革命志——创建陕北红军的刘志丹》

　　刘志丹是杰出的无产阶级革命家、军事家，西北红军和西北革命根据地的主要创始人之一。他一生热爱人民，追求真理，英勇善战，百折不挠，艰苦奋斗，忠心赤胆，为创建红军和革命根据地、为中国人民的解放事业建立了不可磨灭的功勋。

《英名永存北平城——爱国将领佟麟阁　赵登禹》

　　1937年7月28日，日军向北平郊区发动进攻。第二十九军副军长佟麟阁奉命在南苑率部与日军苦战，腿部受伤，头部被敌机炸伤，壮烈殉国。第一三二师师长赵登禹指挥部队顽强抵抗日军，右臂中弹负伤，仍继续作战。后在转移途中遭日军截击而牺牲。

《八百壮士　四行仓库铸军魂——谢晋元和他的战友们》

八一三抗战，中国军人以血肉之躯揭开全面抗战的帷幕。这是一场血战，是中国军人不屈不挠的英雄诗篇，其中的八百壮士守四行，成为这首英雄颂歌中最动人、最凄美的音符。一曲四行保卫战，铸就了不屈的军魂。

《八女投江　气贯长虹——八位抗联女战士》

抗日战争时期，以冷云为首的东北抗日联军8名女战士，为捍卫民族尊严，面对凶残的日寇，镇定自若，宁死不屈，投江殉国，表现了中华民族同敌人血战到底的英雄气概。她们的光辉形象，激励着千千万万的后来人。

《艰苦抗战　威震敌胆——著名抗日英雄杨靖宇》

杨靖宇将军是我国著名的抗日民族英雄。曾先后担任磐石游击队政治委员、东北抗日联军第一军军长兼政委、抗日联军总司令等职。领导军民对日寇坚持了长达9个年头的艰苦卓绝的斗争，最终以身殉国。

《死也不当亡国奴——镜泊抗日英雄陈翰章》

陈翰章，从1932年8月投笔从戎，直到1940年12月8日为抗击日本侵略者，战死在镜泊湖畔。他在抗日疆场上奋战了九年，他那可歌可泣的英雄事迹将为人们永世传颂。

《名将殉国　气壮山河——抗日将军张自忠》

著名抗日将领、民族英雄张自忠，生于忧患的时代，抱有"宁为百夫长，胜作一书生"的志向，经历过失败与低谷，最终成就了慷慨人生。本书主要以人物活动为主，勾画出一个真正的"民族魂"鲜活的人生，会带给读者振奋的力量。

《宁死不辱战士名——狼牙山五壮士》

1941年日寇在河北易县"扫荡"。为掩护群众和主力部队撤退，五位八路军战士毅然把敌人引上了狼牙山棋盘坨峰顶绝路。弹尽粮绝、无路可退，五位英雄纵身跳下了万丈悬崖，用生命和鲜血谱写出一曲惊天地泣鬼神的壮举。

《太行浩气传千古——抗日名将左权》

左权，中国工农红军和八路军高级指挥员，著名军事家。是八路军在抗日战场上牺牲的最高指挥员。名将阵亡，太行山为之垂首，全党为之悲痛。周恩来称他"足以为党之模范"，朱德赞誉他是"中国军事界不可多得的人才"。

《虎将兴关外 抗倭统雄师——抗联英雄赵尚志》

本书描写了久经考验的共产党员、东北抗联的创建者和主要领导人赵尚志，在艰苦卓绝的条件下，坚持抗战，威震敌胆，战功卓著，忍辱负重，忠贞不屈，为国捐躯的英雄故事，为青少年读者呈上一部爱国主义的佳作。

《黄埔之英 民族之雄——抗日名将戴安澜》

抗日名将戴安澜，先后参加保定、漕河、台儿庄、武汉、昆仑关等战役，作战英勇，屡建奇功；入缅作战，"扬威国外，藉伸正义"；守东瓜，复棠吉；殒身缅北，遗恨丛林，马革裹尸，成就了光辉的一生。

《爱国志士 民主先锋——新闻出版家邹韬奋》

本书讲述了邹韬奋献身新闻出版事业的奋斗历程，展现了一位新闻工作者坚定的革命信念和炽热的爱国主义精神，全心全意为人民服务、为读者服务的奉献精神，歌颂了他的高尚情操和优良品质。

《为抗战发出怒吼——人民音乐家冼星海》

人民音乐家冼星海，青年时期在巴黎求学，饱尝屈辱与磨难；学成后毅然回到多灾多难的祖国，用满腔热忱谱写激昂的音乐，鼓舞中华儿女的斗志；奔赴延安，谱写出不朽的名作《黄河大合唱》，发出中华民族抗日救亡的怒吼。

《全民皆兵　抗击日寇——抗日战争的故事》

中国人民进行的十四年抗战，是一百多年来中国人民反对外敌入侵第一次取得完全胜利的民族解放战争。这场战争是以国共两党合作为基础，有社会各界、各族人民、各民主党派、抗日团体、社会各阶层爱国人士和海外侨胞广泛参加的全民族抗战。

《捧着一颗心来　不带半根草去——人民教育家陶行知》

陶行知是我国现代教育史上伟大的人民教育家、教育思想家。他从青年起就立志献身教育事业，以"捧着一颗心来，不带半根草去"的赤子之心，为人民的教育事业鞠躬尽瘁。

《为民主与和平拍案而起——民主斗士闻一多》

闻一多早年与梁实秋等人发起成立清华文学社。赴美留学期间由对祖国的深深眷恋而创作著名的《七子之歌》。后在西南联大任教8年，积极投身于抗日运动和争取民主的斗争，发表了著名的《最后一次讲演》。

《铁窗难锁钢铁心——革命先烈王若飞》

王若飞是我党早期杰出的无产阶级革命家。在艰苦卓绝的斗争中，他出生入死，屡建奇功，以超人的睿智和胆略，在敌人的监狱中，同敌人展开了殊死的较量，为抗战的胜利和新中国的诞生做出了卓越的贡献。

《横扫千军　还我河山——抗联名将李兆麟》

李兆麟是东北抗日联军创建人之一，他率领抗日联军历尽千难万险与日本侵略者浴血奋战，在极其艰苦的条件下，保存了抗日联军的有生力量，为东北光复做出了重大贡献。

《锄头开出新天地——解放区大生产运动》

为了解决困难，渡过难关，党中央号召党政军民齐动手，开展大生产运动。中国共产党在其控制区域内发动的一场军队屯田和鼓励生产的群众运动，达到了自己动手丰衣足食，共度难关，既进行革命又进行生产自足的目的。

新民学会的主要发起人
——中国共产党早期革命家蔡和森

《生的伟大　死的光荣——女英雄刘胡兰》

刘胡兰，坚贞不屈的少年女英雄。生前对我国劳动人民的解放事业无限忠诚，在敌人威胁面前，大义凛然，毫无惧色，英勇牺牲，表现了共产党员的高贵品质。

《饿死不领美国救济粮——爱国知识分子的楷模朱自清》

朱自清作为爱国知识分子的典型，以锐利的笔锋直言痛斥反动政府的暴行，体现了他崇高的爱国情怀和不畏恶势力的精神品格。毛泽东曾给朱自清先生以高度评价："一身重病，宁可饿死，不领美国的'救济粮'"，"表现了我们民族的英雄气概"。

《为了新中国前进——舍身炸碉堡的董存瑞》

伟大的英雄，中国人民的儿子董存瑞，从儿童团长成长为一名光荣的解放军战士，在1948年解放隆化县城时，舍身炸碉堡，为新中国献出了自己年轻的生命。他的英雄形象永远留在人民心里。

《宁死不屈的共产党员——革命烈士江竹筠》

江竹筠，就是著名的江姐。1947年春，她负责《挺进报》工作，只几个月的时间，报纸就发行到1600多份，引起了敌人的极大恐慌。由于叛徒出卖，江姐不幸被捕，惨遭毒刑的残酷折磨，仍坚贞不屈。最后被特务秘密枪杀，年仅29岁。

《抗美援朝　保家卫国——志愿军的战斗故事》

抗美援朝战争是中国人民志愿军为援助朝鲜人民、保卫祖国安全，与美国为首的"联合国军"发生的战争。在朝鲜牺牲的志愿军烈士们，他们英勇的战斗事迹、保家卫国的精神值得我们发扬光大。

《上甘岭上壮烈歌——黄继光和他的战友们》

在1952年10月的上甘岭战役中，黄继光和他的战友们在零号阵地半山腰被敌机枪火力点压制，此时，黄继光身上已经多处负伤，手雷也已全部用光。为了完成任务，减少战友的伤亡，他用自己的胸膛堵住正在扫射的敌机枪射孔，为反击部队扫清了前进的道路。

《诗书印画　全入神品——国画大师齐白石》

齐白石出身贫寒，做过农活，当过木匠，后改学雕花木工，从民间画工入手，摹古人真迹，学诗文书法，融汇古今，而诗、书、印、画俱佳；他将中国画的精神与时代的精神统一得完美无瑕，使中国画得到国际的重视，无愧于"国画大师"的称号。

《毕生为文化而奋斗——中国第一出版家张元济》

张元济参与、主持和督导商务印书馆近六十年，使其从简单的印刷企业转变为当时中国教育出版的旗帜。张元济一生爱书，在中华大地动荡不安的年代里，他用自己对文化的热爱，续存着中华民族灿烂悠久的文明之光。

《独树一帜　梨园大师——著名京剧表演艺术家梅兰芳》

梅兰芳，京剧大师，演唱风格独树一帜，世称"梅派"。曾先后赴日本、美国、苏联演出，并荣获美国波摩那学院和南加州大学的荣誉文学博士学位。作为一位爱国者，抗战期间蓄须明志，拒绝为日本人演出，为后世称颂。

《华侨旗帜　民族光辉——爱国侨领陈嘉庚》

陈嘉庚是著名的爱国华侨领袖、企业家、教育家、慈善家、社会活动家。他为辛亥革命、民族教育、抗日战争、解放战争、新中国的建设做出了卓越的贡献。生前被毛泽东誉为"华侨旗帜、民族光辉"。

《向雷锋同志学习——伟大的共产主义战士雷锋》

雷锋，一个平凡而伟大的共产主义战士，一心向着党，一生秉承着全心全意为人民服务、无私奉献的崇高思想；发扬刻苦学习和钻研理论的"钉子"精神；坚持勤俭节约、艰苦奋斗的优良作风。毛泽东为其题词："向雷锋同志学习。"

《人民的好公仆——县委书记的好榜样焦裕禄》

焦裕禄，被誉为县委书记的好榜样。他用自己的革命精神，展开了与大自然、与社会落后现象、与病魔的多重抗争，让我们领略到一个共产党人的生之伟大、死之壮美的人格品质和具有现实教育意义的精神魅力。

《文学巨匠 京味大师——人民作家老舍》

老舍是我国现代小说家、文学家、戏剧家。他用融入骨髓的真诚文字反映生活的喜怒哀乐。老舍的一生，总是在忘我地工作，他是文艺界当之无愧的"劳动模范"，生前被北京市人民政府授予"人民艺术家"的称号。

《革命老人——无产阶级教育家徐特立》

徐特立是一代伟人毛泽东的老师。他出生在贫苦家庭，大部分时间生活在动荡艰苦的年代；他刻苦勤奋，不畏艰辛，追求光明，一生勤俭，为革命培养了大量的人才；他对党和人民任劳任怨，鞠躬尽瘁。他坎坷奋斗的一生，留下了许多可歌可泣的故事。

《人生能有几回搏——新中国第一个世界冠军容国团》

容国团先后担任中国乒乓球队运动员、女队主教练。获得1959年男子单打世界冠军；1961年夺得男子团体世界冠军；作为中国女队主教练，1965年率女队第一次夺得女子团体世界冠军。他的"人生能有几回搏"的豪言，举国传诵。

《石油工人一声吼 地球也要抖三抖——铁人王进喜》

王进喜，新中国第一批石油钻探工人。他为祖国石油工业的发展和社会主义建设立下了不朽的功勋，在创造了巨大物质财富的同时，还给我们留下了宝贵的精神财富——铁人精神。他被评为"百年中国十大人物"，写入中华民族的光辉史册。

《做人民需要我做的事——著名地质学家李四光》

李四光是一位伟大的科学家，他一生从事地质学研究工作，足迹遍布祖国的山川，为祖国探明了许多地下宝藏；他创建了崭新的学说——地质力学；他历尽重重困难，为正确认识地质构造开辟了一条新路。

《中国化学工业的先驱——著名化学家侯德榜》

为摆脱纯碱需要进口的窘况，20世纪初，怀着"实业救国"梦想的中国化工先驱侯德榜等人创办了永利碱厂，并立志生产出中国人自己的碱。1926年，永利碱厂终于成功地生产出"红三角"牌纯碱，从此中国制碱业得以跨入世界先进行列。

《毕生求是　一丝不苟——著名科学家竺可桢》

著名科学家竺可桢献身科学研究；治学严谨，一丝不苟；一生廉洁，两袖清风；作风民主，爱护学生。他以爱国之心、报国之志，从一个民主主义者逐渐成长为一个共产主义战士。

《热爱自然的大地之子——著名植物学家蔡希陶》

蔡希陶，五十载风雨，五十载坎坷，五十载奋斗，五十载开拓，为了发现对人类生产、生活有用的植物及新物种的引进而做出巨大贡献，在中国的植物资源学史上将永远镌刻着他的名字。

《高洁无私的襟怀——知识分子的楷模蒋筑英》

蒋筑英是中国当代知识分子的先锋典范，他不为名，不为利，尊重科学；他以坚忍的毅力和顽强的作风，在科学的道路上呕心沥血，鞠躬尽瘁，无私地奉献了青春和生命。

《迎接新生命的天使——卓越的妇产科专家林巧稚》

林巧稚是国内外享有盛誉的妇产科专家。在五十多年的医学教育和临床实践中，林巧稚亲自接生了五万多婴儿，治愈了数千病人，培养了数以百计的专门人才，为我国的妇女儿童事业做出了不可磨灭的贡献。

《独自成千古　悠然寄一丘——国画大师张大千》

张大千是20世纪中国画坛最具传奇色彩的国画大师，无论是绘画、书法、篆刻、诗词无所不通。在艺术界深得敬仰和追捧，艺术家们用真挚的感情，用绘画和雕塑展现了"张大千"多彩的艺术形象。

《建造中国的通天塔——著名数学家华罗庚》

中国当代著名数学家华罗庚，为中国数学的发展做出了无与伦比的贡献，他是中国解析数论、典型群、矩阵几何等多方面研究的创始人与开拓者，也是我国最早将数学理论研究与生产实践紧密结合的科学家。

《问鼎长天　强我国威——两弹元勋邓稼先》

邓稼先是我国著名科学家，参加组织和领导我国核武器的研究、设计工作，从对原子弹、氢弹原理的突破和试验成功及其武器化，到新的核武器的重大原理突破和研制试验，作出了重大贡献。是我国核武器理论研究工作的奠基者之一，被誉为"两弹元勋"。

《敢叫天堑变通途——桥梁专家茅以升》

中国著名的桥梁专家茅以升从小立志为祖国建造桥梁，经过不懈努力，他不仅设计建造了一座座宏伟壮观、坚固实用的道路桥梁，而且搭建了一座座友谊之桥，为祖国建设作出了卓越贡献。

《蘑菇云之梦——核物理学家钱三强》

被誉为"中国原子弹之父"的核物理学家钱三强，更名后立志于科技报国；24岁投师于世界著名核物理学家居里夫妇；与夫人何泽慧合作，发现铀的"三分裂""四分裂"现象；统领我国的原子大军，做了大量创造性工作。

114

《两离桑梓地　满怀雪域情——领导干部的楷模孔繁森》

孔繁森，是一位一尘不染、两袖清风的好干部。两次进藏工作，历时十载，为西藏的建设、发展和稳定作出了突出的贡献。1994年11月，孔繁森不幸以身殉职。人民群众称他为新时期领导干部的楷模。

《摘取数学皇冠上的明珠——著名数学家陈景润》

陈景润是享誉世界的数学家，为了证明"哥德巴赫猜想"，他以惊人的毅力在数学领域里艰苦跋涉，终于攻克了世界著名数学难题"哥德巴赫猜想"中的"1+2"，创造了中国乃至世界数学史上的辉煌。

《学术独步　饮誉四海——享有国际威望的科学家卢嘉锡》

卢嘉锡是一位在国际科学界享有崇高威望的物理化学家、化学教育家和科技组织领导者。1945年，卢嘉锡满怀"科学救国"的热忱回到祖国，对中国原子簇化学的发展起了重要推动作用，他所指导的新技术晶体材料科学研究，也取得了重大成绩。

《德艺双馨　梨园楷模——著名豫剧表演艺术家常香玉》

常香玉1941年赴陕甘演出。1948年在西安创办香玉剧社。1951年为支援抗美援朝，率剧社巡回西北、中南、华南各地演出，以演出收入捐献"香玉剧社号"战斗机一架，素有"爱国艺人"之誉。

《文学大师　激流勇进——著名作家巴金》

本书以巴金生平和主要事迹为线索，回顾和展示现代著名作家巴金的一生，以期让人们看到巴金在这风云变幻的100多年中，有过成功的欢欣，有过屈辱的磨难，有过痛苦的忏悔，有过平静的安宁。巴金的人生，映照着一代中国五四知识分子坎坷而不平凡的命运。

《壮心系科学　孜孜为国昌——理论化学家唐敖庆》

本书讲述了唐敖庆从出国求学、学业有成、回国任教，到服从安排、艰苦工作、刻苦钻研，最终成为中国量子化学奠基者的过程。让人们看到了这位著名化学家的赤心爱国、严谨治学、大公无私的崇高品格和科研上的卓越成就。

《中国导弹之父——著名科学家钱学森》

当第一颗原子弹升空的时候，当中国的人造卫星奏响《东方红》的时候，当中国运载火箭腾空而起的时候，当中国研制的导弹准确命中目标的时候，人们都会想起他的名字：中国导弹之父钱学森。

《中国近代力学的奠基人——著名科学家钱伟长》

钱伟长曾以中文和历史两个100分的成绩考入清华大学。九一八事变后，钱伟长毅然放弃了文科的学习而转为理科。他是中国近代力学、应用数学的奠基人之一，在固体力学、流体力学以及航空航天领域，取得了卓越的成就，为新中国的现代化建设付出了毕生的精力。

《中国光学科学的奠基人——著名科学家王大珩》

王大珩是我国著名的科学家，中国光学科学的奠基人。他先在清华就读，后赴英国求学，学业有成，立志科学救国，其成就享誉神州。他以科学的求是精神和赤诚的爱国情怀，探索着中国光学发展的闪光之路。